まいど!!

酒場の大将あれこれ話

中村康志

まいど!! 酒場の大将あれこれ話

中村　康志

はるかぜ書房

目次

目次

装丁　菅原守
題字　中村康志

まいど!!　酒場の大将あれこれ話

第一章　三月

・白霧島

・蛍烏賊

・宇佐むぎ

第一章　三月

これは草田佳司《くさだけいじ》の話。


草田佳司はとある場末の居酒屋の店主である。

年齢は50を過ぎ、小柄だががっちりとした体格で、丸刈りに髭面の強面の上、無駄な愛想笑いやセールストークは一切せず、第一印象は取っつきにくい頑固《がんこ》な大将《おやじ》だと感じるようだ。しかし、慣れてくると意外に饒舌《じょうぜつ》であり、佳司の裏表の無い朴訥《ぼくとつ》な実直さと愛嬌《あいきょう》に、むしろ親近感を覚える客が多い。店は、いつ来てもゆったりと寛げるのが〝売り〟で、客はかなりコアなユーザーが多く、ここ来たら落ち着くわ～、などと洩らす者も多い。言い換えれば、決して流行っているとは云えないものの、常連客が〝気の置けない店〟だと感じていてくれているのだ。佳司自身、満更でもなかった。


三月も半ばのある夜の八時過ぎ。

「大将《たいしょう》、今晩は」

馴染みの客、瀧沢麻佑《たきざわまゆ》が聴いていたスマホのイヤホンを外しながら入ってきた。大手家電販売店のコールセンターに勤務していて、40はとうに過ぎているが歳よりもずっと若く見える、自称〝おたふく顔〟の平安美人タイプだ。今日は薄いピンクのロングコートを着ている。

「まいど!!　いらっしゃいっ、今帰り？」

「はいっ。今日は〝遅番〟の日で、さっき終わってそのまま来ました。何でか仕事中から〝蛍烏賊《ほたるいか》〟が頭から離れなくって。今日入荷《はい》ってますぅ？」

「入荷ってるよ！」

佳司が微笑む。

「やったー、ここの〝生蛍《なまほたる》〟絶品ですもんねぇ」

とえくぼをつくり子供のように微笑む。

コートとマフラーを丁寧にハンガーに掛けて、ゆっくりカウンターの椅子を引いた彼女は、座ると同時に、既に〝突き出し〟の「菜の花のお浸《ひた》し」と共に出されていたいつもの「白霧島《しろきりしま》」のロックに口を付ける。仕事帰りだけに小ざっぱりしたスーツ姿だ。


佳司は悪い癖《くせ》とは思いながら「白霧島」の講釈を始める。うっとうしがる客もいるが、うんちくを楽しみにしている常連客も少なくない。

「『白霧島』は芋焼酎の最大手、宮崎県の『霧島酒造』のレギュラー酒で、『白霧島』の〝白〟は『白麹《しろこうじ》』の〝白〟やねん。昔は『霧島』云《ゆ》うたらこれしか無かったから〝白〟なんて付いてなかってんけどなぁ……」

佳司はゆっくりと言葉を選ぶ。

焼酎の醸造に用いられる麹《こうじ》には「白麹」、「黒麹《くろこうじ》」、「黄麹《きこうじ》」の三種類があり、そのそれぞれに特徴がある。

芋焼酎や麦焼酎などと呼ばれているような現在の本格焼酎（焼酎乙類）の元祖は、沖縄の泡盛《あわもり》だと云われているが、当時琉球《りゅうきゅう》王国だった沖縄に大陸から蒸留酒が伝わったのは約６００年前で、琉球の地に古くから存在した「黒麹菌」を用いて酒造りをする事によって泡盛の原形が出来上がったと考えられている。

元来、日本の本土に古くから存在し、醸造に用いられていたのは「黄麹」で、琉球から泡盛の「黒麹菌」が伝わるまでは、鹿児島で造られていた芋や米の焼酎にも「黄麹」が使われていた。しかし、「黄麹菌」はクエン酸の生成量が少ないため、気候が冬場でも温暖な南九州では、醸造過程で「もろみ」が腐敗してしまうなど、生産性に大きな問題を抱えていた。これが、クエン酸を多量に発生させる「黒麹菌」の伝来により、雑菌の繁殖が抑えられ、醸造過程での腐敗や変質を起こさなくなった。その事が焼酎の酒質と生産力を著しく向上させ、「黒麹」による焼酎造りが一気に九州全土に広がっていったとされている。

一方、「白麹菌」は、「黒麹菌」の突然変異によって発生したと云われている。「黒麹菌」は、焼酎造りを改善し発展させた反面、文字通り黒い麹菌だったため、胞子が飛び散って蔵や蔵人《くらびと》が真っ黒に汚れるという欠点があった。そこに新たに発見された「白麹菌」は、その問題が無い分使い勝手が良く、徐々に「黒麹菌」に取って代わって焼酎醸造に用いられる様になっていった。

現在では、醸造技術や品質管理能力の向上により、「黄麹」による焼酎も珍しくなく、「白麹」、「黒麹」と共に三種類の麹による焼酎が製造されている。

それぞれの麹による味の特徴は、「白麹」製の焼酎が、原材料の特性が出やすくやわらかい味になりやすいのに対して、「黒麹」製は、どっしりとして濃厚でコクがある味わいに仕上がっているものが多い。一方、「黄麹」製の焼酎は、フルーティーで繊細な味わいになりやすい。麹の違いによるそれぞれの特色を味わい、飲み比べるのも焼酎の楽しみ方のひとつと云える。


麻佑はすでに一杯呑みほしほろ酔い気分だ。

「じゃあぁ、まず蛍烏賊を入れてお造り盛ってください」

「はいよっ」

佳司は一人前の蛍烏賊を冷凍庫から取り出し流水で解凍する。

蛍烏賊には〝旋尾線虫《せんびせんちゅう》〟という寄生虫がいる可能性があるので、造りなど生食するにはマイナス30度以下で4日間以上の冷凍処理が必要なのだ。

それから、一杯ずつ目、口、節を丁寧にはずしていく。

〝生蛍〟の他に天然ものの鮃《ひらめ》と本鮪《ほんまぐろ》の幼魚である〝横輪《よこわ》〟を、独活《うど》、貝割れ大根、大葉《おおば》をあしらった器に盛り付け、紅蓼《べにたで》、土生姜《つちしょうが》、山葵《わさび》、酢橘《すだち》を添える。

「お待たせせっ、〝造り盛〟。造り醤油、ポン酢、柚子胡椒《ゆずこしょう》、辛子酢味噌《からしすみそ》、好きなんでどうぞ！」

佳司は、刺身に添える調味料やつま、薬味を、その食材との相性や季節感、色合いなどを考慮して付け合せるが、そのチョイスはあくまで食す側の好みであり、勧めはするが強要はしない。

「わあ美味しそう、いただきます！　あっ、それと何かこれに合う焼酎をください」

佳司は今日の造りに合わせて、あまり癖の強くない麦焼酎の「宇佐《うさ》むぎ」をチョイスして空いたグラスと差し替えた。

「宇佐むぎ」を造る「四ツ谷酒造」は、大分県宇佐市にあり、焼酎好きなら今や知らない者がいない銘酒「兼八《かねはち》」を世に送り出した蔵元である。当時の麦焼酎としては反主流の、〝香ばしさと深いコク〟を前面に押し出した個性的な味わいは、それまで、〝くせや臭いが控えめで、スッキリとした飲みやすさ〟を追求していた麦焼酎界の、常識と歴史を変えたと言っても過言ではないだろう。

「そお云やぁ麻佑ちゃん、この頃彼一緒ちゃうけど元気にしてやんの?」

麻佑はうつむいたままなめるように焼酎を呑み、気まずい沈黙が流れる。

(あれっ、聞かんほうがよかったかな)

佳司は、親しいと云えども客に対して少し無神経だったことを反省する。

「実はこないだ喧嘩別れしちゃって………、そのままなんですよ。その後彼からいっこうに連絡ないし……」

つぶやくように言う。とは云え、浮かべた表情に悲しい様子は微塵《みじん》も感じられず、どちらかと言えばあきれ顔に近いものだ。

「最後にキレちゃったのは私なんですけどね。何て言《ゆ》うかもうちょっと大人になってくれんとしんどいって言《ゆ》うか……」

と苦笑いを浮かべた。

確か彼氏の哲也《てつや》君は、彼女より四つか五つ年上だった筈である。

麻佑は続ける。

「なんかねぇ、〝何でそこでそうなんの〟とか、〝今それするか〟〝今それ言《ゆ》うか〟とか、言動が大人気なくって……。いつも自分の事は棚に上げて、他人《ひと》の事は細かいとこまでチクチク説教するくせに、相手の意見はまともに聞かへんみたいな、なんかそんな感じなんでねぇ、私もう疲れちゃって……

…、とうとう爆発しちゃった。もうイイかなって感じです。連絡してけえへんて云うことは向こうもそう思てんのんちゃいますっ？」

一息付くように彼女は焼酎をごくりと飲んだ。

さばさばと言い放った麻佑だったが、スマホが気になって仕方がない様子。

（やっぱり彼からの連絡待ってやんのかなぁ。意地張って、よう謝れへんのも男のどうしょうもないとこやなぁ………）

と思うものの、気の利いた言葉が浮かばず、佳司はただ溜め息をつくしかなかった。

「話は替わるんですけど、これって何所で獲れた蛍烏賊ですか？」

「富山湾やで。ウチは富山産しか使えへんからなぁ」

「やっぱり！　大きくて味噌（内臓）もたっぷりやから、そうかなって思いましたわ。スーパーで売ってる、茹でたヤツでも富山産は一回り大きくてプリップリッですもんねえ、その分値段もお高いけど」

「確かに。味も見た目も一番やけど値段もべらぼうやからなぁ。でもそれ何でかって言うたらな、漁の仕方自体が違うらしいねん。富山県産は、産卵のために富山湾に接岸してきた蛍烏賊を定置網《ていちあみ》漁で獲るから、漁場が近くて鮮度抜群。しかも、獲れるのは産卵期の丸々と肥えたメスがほぼ１００％らしい。それに比べて他府県産は、底引き網で海底を根こそぎ浚《さら》ってきて、まだ太りきってへんメスや痩せたオスが水揚げされるから小ぶりで細いのが多い。せやから富山県産は、漁獲量はトップとちゃうけど、質と味は日本一やねん！」

「へえー、そうなんや。美味しい筈やわぁ」

富山の蛍烏賊の話をしながら、佳司の脳裏にはとある光景が蘇っていた。

佳司がまだ若い無分別な頃のことだ。

高校時代の悪友が富山大学に通っていて、ある時その下宿先に押しかけ、富山市内の繁華街、〝総曲輪《そうがわ》〟や〝桜木町《さくらぎ》〟辺りで呑んだくれた。その帰り道、酩酊《めいてい》した佳司たちは市の中心を流れている一級河川、神通川の畔をふらふらと千鳥足で歩いていた。ふとその時、すぐ目の前に漁師のものであろうか、木製の小舟が目に入る。どうやら、ただ錨《いかり》のロープが杭に巻かれて留まっているだけのようだ。顔を見合わせた二人は酔って気が大きくなっていたせいもあり、躊躇《ためら》いもせずその舟に乗り込みロープを解いた。

小舟は流れに乗り下流に進んでいく。

「でかい河の割に流れ遅いなあ」

岸に近いからか流れはとても緩やかで、それはそれで心地よかったのだが、酔っ払いの無頼漢《ぶらいかん》には少し刺激が足りなかった。

「もうちょぃ真ん中の方寄ってみよか」

一本積んであった櫂《かい》を漕いで、流れの中心に少しづつ舟を寄せていく。

「おおっ、ちょっと速なってきた………うわあぁおぉっ～！」

二人を乗せた小舟は、瞬く間にジェットコースターと化した。

しばらくは奇声を発して興奮していた二人だが、徐々に酔いも醒めだし、転覆の危険が沸き上がってきて無言が続いた。

舟は凄まじい勢いで長雨の後の急流に流されいく。

「これ、ちょう、ヤバいんちゃうん？」

「ヤバそやなあ。あっ、あの橋にぶつけたら止まるかもっ。やってみよか」

ちょうど進行方向前方に、避けなければ確実にそのまま衝突しそうな橋の支柱が見えている。

「いくぞー」

大声で気合を入れる。

凄まじい音と激しい衝撃で振り落されそうになり、縁にしがみ付いて何とか難を逃れたものの、舟は止まらずそのまま全速で流されていく。舟上の二人は完全に酔いもさめ、状況の深刻さを改めて痛感した。

とは云うものの、どこかにそれを楽しんでいる自分たちも確実に存在した。その証拠に、そんな状況にもかかわらず二人の顔はまだ悪戯《いたずら》ににやけていた。

「錨《いかり》おろしてみよか?」

「この流れの速さで、錨ぐらいで止まるんかいな……」

半信半疑で錨を川面に放り投げてみる。

スルスルスルスルッとロープが伸びきったと同時に、グウッゥウォ~ンと爆音を轟かせた舟は、二人を乗せたまま川面を180度回転し舳先《へさき》を上流に向け停まった。

錨は、ろくでなし野郎どもによって不本意に急流に向かって放り投げられたにもかかわらず、その使命を全うしたのだ。

「おおぅっ、やっぱ錨て伊達《だて》や無いなぁ。助かったわ~」

さすがにこの時ばかりは、不心得者の二人にも安堵感が広がった。

その後は、岸側に向かって何度も錨を放り投げながら、舟を出したのとは反対側に少しづつ近づき、何とか無事に接岸し事なきを得た。

若気の至りとはいえ、一歩間違えば佳司もこの店も存在していないところだった。

「大将～、明後日《あさって》の方見て何にやけてるんですか？」

「なあ麻佑ちゃん……。男っちゅうもんは皆いつまで経っても子供のまんまで、たいがい大人気無いもんかもしれんで～」

我に返った佳司が、

（ちょっとは彼のこと大目に見たりいや～）

と云う気持ちを込め、諭すように言った。

その時、カウンターに置かれた麻佑のスマホが点滅しながら震えた。

画面を確認した彼女が「哲ちゃん……」と小さくつぶやいた。どうやら彼氏からの着信のようだ。

（よかったぁ～）

〝ホッ〟としたのも束の間、コールは鳴り続けている。

（早よ出な、早よ、早う～）

〝ブチッ〟

彼女はコールに出ず、スマホの電源を切った。

「切るんか～い！」

佳司はすかさず〝ツッコん〟だ。

第二章　四月

・初代　嘉助

・真鯛

第二章　四月

これも草田佳司の話。

佳司の店は、大阪を代表する繁華街のはずれにあった。ただ、繁華街のはずれとは云っても、とても分かりづらい露地裏の奥に位置しており、その露地は、そこに並ぶ数件の店に用のある者以外が通るのは非常に稀《まれ》である。つまり、佳司の店にいわゆる〝一見《いちげん》さん〟が来ることはほとんど無かった。決して佳司が一見客を拒んでいる訳では無く、端《はな》から人が通り掛かる場所では無いのである。もっとも、並びの店の中には、実際（一見様お断り）の体で営業している店も少なく無い。

とある4月に入ったばかりの頃。

その夜も、もう9時半に差し掛かろうとしていたが、未だ客は一人も来ていない。つくづく閑な店である。

「プルルルルルッ」

携帯が鳴った。

「ああ、カッちゃん、まいどまいど！」

古くからの馴染《なじ》み客、大伴勝政《おおともかつまさ》からである。

なんでも、昨夜からの釣行の帰りで、戦利品を持ち込むから調理してほしいとの事。

「ああ、ええよ～。今他のお客さんおらんし、持っといでえやあ」

20分ほどして、大きなクーラーをさぞ重たそうに提げた勝政がドアを開けて入ってきた。

長距離トラックを転がしており、不定休の休みが取れると度々好きな釣りに出掛けている。連休はなかなか取れないため、釣行はもっぱら近場である。

普段から徹夜の運転には慣れているはずだが、釣行帰りはさすがに疲れているようで、フィッシャーマンズベストとマリンブーツが重たそうである。

「おおっ、えらい大漁やってんなあ。どこ行ってきたん？」

「〝岩屋《いわや》〟の波止や。氷と海水入れたあるから重たいだけで、釣果はたいしたことあらへんねん」


〝岩屋〟は、淡路《あわじ》島の北端に位置する兵庫県淡路市の港町である。


佳司はクーラーを受け取り、厨房に持ち込んだ。蓋を開けてみると、大きさこそ手のひらサイズだが、なかなかどうして、そこそこの賑わいである。

カサゴ目の白身魚の〝がしら（笠子《かさご》）〟に眼張《めばる》、〝油目《あぶらめ》（鮎並《あいなめ》）〟、久慈目《くじめ》、これから夏に向けて旬を迎える青魚の鯵《あじ》に鯖《さば》、見たところ魚種も豊富である。

底の方には良型も覗く。〝チヌ（黒鯛《くろだい》）〟に〝黄鰭《きびれ》〟（キチヌ）、何より目を引いたのが、ほんのりピンク色に火照った大型の真鯛《まだい》だ。

真鯛、黒鯛、キチヌ、共にタイ科の魚で、特に黒鯛、キチヌは、一年中専門に狙う〝太公望《たいこうぼう》〟も少なくないほど、釣り人に大人気のターゲットだ。

「おおっ、エエ〝桜鯛《さくらだい》〟釣れてるやん！　珍しいなあ、波止でこのサイズの鯛《たい》は……。すごいやん！」

「〝桜鯛〟？　そんなもんおるかぁ？」

「これやこれや！」

佳司は鯛の尾っぽをにぎって、勝政の前へぶら下げて見せた。

「そんなん釣れてたっけぇ、憶えてへんわ。別にただの鯛やろっ」

なぜか勝政は憮然としている。

（？？？）

「普通の鯛やけど、えらいきれいなピンク色してる思えへんかぁ？」

「…………」

これだけの大物を釣って来た割には勝政の表情はどこか冴えない。明らかにこの鯛だけ二回りほどサイズが大きいのであるが……。

(何かおかしい、不審や!)

「まあ、とりあえず座りいな」

勝政は、すでにビールは引っ掛けてきたらしく、壱岐《いき》の麦焼酎「初代　嘉助《かすかけ》」を注文した。

「この『初代　嘉助』はなぁ、長崎県壱岐の蔵元、『(株)壱岐の華《はな》』て云う蔵元が造ってる『白麹』で『常圧蒸留《じょうあつじょうりゅう》』の麦焼酎やねん」

佳司のいつものうんちくがはじまる。

焼酎の蒸留方法には「常圧蒸留」と「減圧蒸留《げんあつじょうりゅう》」の二通りがあり、「常圧蒸留」が通常の大気圧で蒸留するのに対して、「減圧蒸留」は、真空ポンプ等を使って蒸留釜の圧力を大気圧以下に減圧して蒸留する。

常圧での通常の高い沸点では、原料の風味が余す所なく取り出される反面、雑味などの余分な成分まで微量ながら含んでしまう。そこで、圧力を下げることにより沸点も下がり、沸点の高い雑味などを含まない、クリアで癖のない原酒を取り出すことが出来る減圧が開発された。従って、「常圧蒸留」による焼酎は、原料の個性と風味がより特徴付けられるのに対して、「減圧蒸留」の焼酎は、マイルドで飲みやすいものに仕上がると云える。

壱岐は、〝麦焼酎発祥の地〟と云われており、「米麹《こめこうじ》」を使用するのが特徴で、他の麦焼酎の多くが「麦麹《むぎこうじ》」を使用するのと一線を画する。また、原料を大麦3分の2、米麹3分の1、壱岐島内の地下水を使用するのを条件に、「壱岐焼酎」と云う地理的表示が国税庁より認められ保護されている。焼酎類では他に「球磨《くま》」、「琉球」、「薩摩《さつま》」が認められている。

「はいっ、『嘉助』ロック」

「ほな、鯛捌《さば》くからちょっと待っとって」

シンクに放り込んだ鯛の鱗《うろこ》を丁寧に掻《か》いていた佳司は、その時ふと、違和感を覚えた。この鯛は、どう見てもプロが絞《し》めた形跡があるのだ。クーラーの他の魚の様に、釣り人が手持ちのナイフで片手間に絞めてあるのとは訳が違い、専用の道具の「手鉤《てかぎ》」で的確な手技がなされている。

そして何より、魚の状態がすべてを物語っている。

クーラーに残された他の魚は、絞め方が甘いせいで全部死後硬直を起こして〝ガッチカチ〟に固まってしまっているのだが、この鯛だけはもちっとした弾力を保っている。

「カッちゃん、今回は誰かと一緒に行ってたん？」

「いいやぁ、一人やで」

　気まずそうに視線を泳がせる。

（ははぁ～ん、なるほどそう云うことか！　これカッちゃんが釣ったんとちゃうんや。ほんでばつが悪そうにしてんねんな……。黙ってるとこ見たら、しれっとスルーするつもりやな～）

　詳しい事情は分からないが、佳司にはあらかたの察しはついた。差し詰めプロの釣り師か現地の漁師から譲り受けでもしたのだろう。

　であるにせよ、問題は何も無い。勝政が持ち帰った美味そうな鯛がここにある。それだけが紛れもない事実であり、真実がどうであるかはどうでもよい。

（知らんふりしとこっと）

　鱗を掻き終えた佳司は、鯛をまな板へ移して包丁を入れ、鰓《えら》と内臓を外して再びシンクへもどして〝水洗い〟し、水気を取ってまたまな板へ移す。

「こらぁ美味そうな鯛やで、カッちゃん！　さっき〝桜鯛〟て言《ゆ》うたやろう。この時季の鯛はなぁ、産卵期を控えてしっかり養分を蓄えていきよんねん。せやから旨みもどんどん増して、肌の色もほんのり桜色してきよんねんなぁ。ほんで桜の季節に掛けてこの時季の鯛を〝桜鯛〟って呼ぶねん。鯛の一番美味い時季やて云われてんねんでぇ～」

　佳司は、先ず頭を落とした鯛を、尾っぽを左側にしてまな板に置き、腹から背、裏返して背から腹の順番に手早く丁寧に包丁を入れて、〝三枚〟に下ろしていく。次に、片身ずつ中骨に沿って、背身と腹身に切り離し、４本の短冊に切り分ける。

　次に、皮を引いた（取り除いた）ものと、さっと皮を炙って〝焼霜《やきしも》〟にしたもの、二種造って器に盛り付け、いよいよ〝桜鯛のお造り〟の出来上がりである。

「お待たせっ。造り醤油に、ポン酢、塩、柚子胡椒、いろいろ試してみて」

「旨っ！　ほんまや、大将これ絶品やわ。鯛て、そない別に好きでも無かったけど、こらぁ美味いわっ。塩がええなぁ、塩が！　やっぱ、釣って来た魚はえら旨やわ！」

釣り上げたのが勝政であるかどうかはさておき、旨い刺身を口にした彼は、ようやく笑みを浮かべてご満悦である。

「カッちゃん、これ見てみ！」

佳司は、先程〝三枚〟に下ろした骨の方を勝政に見えるように差し出した。

「このへんの骨、変形してるやろ。これ奇形ちゃうねんで。時季もそうやけど、これが美味い鯛の証《あか》しやねん！」

と尻鰭《しりびれ》の上の方の中骨３本にできた瘤《こぶ》を指差した。

「これなあ、〝鳴門瘤《なるとこぶ》〟とか〝鳴門骨《なるとぼね》〟とか云《ゆ》うてな、鳴門海峡みたいな渦潮とか急流で生まれ育った鯛にできよるヤツやねん。せやからこれがあるんは、荒波にもまれて身の引き締まった、言わば美味い鯛の証みたいなもんやねん！」

「ほんまかいな？？？」

勝政にはどうもぴんとこないようである。

「ほんまや、ほんまや。嘘言えへんて〜」

(まあ、料理に大して興味のない人間にしてみたら〝そんなんどうでもええやん〟てな感じかもしれんな)

「このへんの雑魚《ざこ》は煮付けよかっ。カッちゃん、明日休みやろ。肴《あて》よおけあるさかい、今日はゆっくり呑めんなぁ」

あとの魚は、間違いなく勝政が釣りあげたものだろう。

第三章　五月

・ヱビス　樽生ビール
・蕨御浸し
・鰹

これも草田佳司の話。

ゴールデンウイークの狭間にあたる、ある5月の初旬。

「おじゃましまぁ～す」

8時半を回った頃、インナーが透けるくらいの薄手のブラウスにミニスカート姿の女性を伴なって、常連客の深沢均《ふかざわひとし》が入ってきた。

「今日は友達連れてきましたぁ」

白いポロシャツにネイビーのデニム、ヤンキースのキャップを被った均は見るからにオフモードで、これから〝同伴〟だろうか、どう見ても友達と云う感じではない。

「あっ、まいど!!　いらっしゃい。先生診療上がりですか?」

深沢均は、近くの開業医で、店の常連客であり佳司の主治医でもあった。それも含め、その人となりに敬意を表して、佳司は、均が10歳ほど年下の40過ぎであるにもかかわらず敬語を使っていた。

「診療が早く終わったんでちょっと食事にと思って」

二人は仲よさそうにカウンターの隅に座る。

「とりあえず生ビールください……、あっ、生ビール二つでっ」

均は、連れの女性とアイコンタクトの後二杯の生ビールを注文した。

佳司は、カップル相手にうんちくを垂れて邪魔をするほど野暮じゃない。

因みに、佳司の店の生ビールは「ヱビス」である。理由は簡単、佳司自身が〝ヱビス党〟であるからだ。


「ヱビスビール」は、明治23（１８９０）年に販売が開始された「恵比壽麦酒《エビスビール》」が元になっていて、現在は「サッポロビール」が製造、販売する。〝ちょっと贅沢なビール〟のＣＭでお馴染みの、ピルスナー系ラガービールの麦芽《ばくが》１００％による、いわゆる〝プレミアムビール〟。その分野の元祖であり、かつ寡占《かせん》状態が長年続いていたが、サントリーの「ザ・プレミアムモルツ」の台頭により市場は急成長した。２０１０年代に入った頃からこの2銘柄が二分している状態で、シェアのトップダービーが過熱している。

因みに、「ラガービール」は、低温で長時間熟成、発酵させるため酵母《こうぼ》が下に沈殿する〝下面発酵《かめんはっこう》〟のビールである。もともとドイツのバイエルン地方のローカルな品種だったが、生産や保存が容易なため現在は主流となっている。日本における「ラガービール」は、「ビールの表示に関する公正競争規約及び施行規則」によって、〝貯蔵工程で熟成させたビール〟と定義されており、解釈はメーカー各社で若干異なるようである。

「ピルスナー系」は、チェコのプルゼニ地方を発祥とする軟水《なんすい》で仕込まれたラガービールの一つで、〝ピルスナー系ラガービール〟は、日本国内のみならず、世界で最もメジャーな品種となっている。

一方、醸造後酵母が上に浮く〝上面発酵《じょうめんはっこう》〟のビールは「エール」と呼ばれ、近年の日本では「サントリー　プレミアムモルツ〈香る〉エール」がこれに当たる。

「今日はええ鰹《かつお》入荷ってますよ。串本《くしもと》の『しょらさん鰹』！　２・５kgもんの丁度ええサイズですわっ」

串本町は和歌山県の最南端に位置する漁業が盛んな街だ。

「…………」

均は何か困っている様子。

「あれっ、鰹は苦手でしたっけ？」

「いやいや。〝ケンケン〟でしょ？　むしろめっちゃ喰いたいですわ。ただね……」

今度は佳司が困惑する。

「どうしたんですか?」

「〝たたき〟で食べたいんですけど、〝叩《たた》いて〟もらってもいいですか?」

(なるほど)

佳司は、均が以前、和歌山県中南部の田辺《たなべ》市の病院に定期的に診療に通っていた事があったことを思い出した。

「どうぞどうぞ。遠慮無く〝たたき〟でイってください。地元ちゃうから嫌みは言いませんよ」

「よかったぁ、僕鰹の〝たたき〟が大好きなんですよぉ。じゃあ二人前〝叩いて〟ください!」

一般的には、鰹を〝たたき〟にして食する事に何の疑問も抱かないだろうが、「ケンケン漁」がさかんな紀州(和歌山県)ではいささか事情が違うのである。

「ケンケン漁」とは、主に小型の漁船から竿を張り出し、釣り糸で擬似餌《ぎじえ》を流して、食いついた鰹を一本ずつ釣り上げる引き縄釣り漁を云う。鰹が黒潮に乗って紀南地方に北上してくる2月から5月、いわゆる〝初鰹《はつがつお》〟の時季が漁期になる。

この漁法は、串本町の中心にある田並《たなみ》からの移民者が、ハワイに伝えられた日本式鰹漁を、現地で改良を重ね発展したものである。「ケンケン漁」とは、現地で使われていた擬似餌のルアーの名に由来しており、そのルアーを作るのに使用したのが、「ケンケン鳥」と呼ばれる鳥の羽だった事からそう名付けられた。

その後、「ケンケン漁」は串本へ持ち帰られ、日本でも改良を重ねられた。現在、やはり和歌山県の南部、周参見《すさみ》の「すさみケンケン鰹」と串本町の「しょらさん鰹」が紀州を代表する二大ブランドとなっている。

また、紀州の「ケンケン漁」で獲る鰹は、その漁法に特徴があるだけではなく、その場で一本ずつ活け締めして氷温貯蔵され、その日のうちに水揚げされる。つまり、他の漁法で漁獲された鰹とは、その鮮度が格段に違うのである。

それが故に、地元の人は鰹を〝たたき〟にはせず、〝造り〟で食べるのが日常的なのだ。

「先生、田辺の店で鰹の〝たたき〟頼んで、散散自分が叩かれはったんちゃいます？」

「そうなんですよ大将、向こうの人は〝ケンケン〟にえらいプライド持ってはるから、〝鰹は造りに限る〟て口を揃えて言いはるんですわぁ。居合わせてるお客さんまで（当然や！）と云わんばかりに頷きはるから、ごっつ肩身の狭い思いしましたわ」

「へぇ〜、和歌山ってそんな感じなんやぁ」

お連れのご婦人は驚きの声をあげる。

「僕もあっちこちで似た様な経験ありますわぁ。食材によって産地ごとに独特の常識ってありますもんねぇ。地元の人も決して悪気があるわけじゃぁなくて、向こうにしたら、ただ美味しい食べ方を教えてくれようとしてるだけなんやろうけど……」


佳司は、その日の〝突き出し〟の「蕨《わらび》のお浸し」を器に盛り付け、当り胡麻《あたりごま》を振り掛けて、カウンターに腰かけた〝お二人様〟に差し出した。

因みに当たり胡麻の〝当たり〟は、〝擂《す》る〟、〝剃《そ》る〟、〝こする〟などの言葉を、不吉だと嫌い言い換えた「忌《い》み言葉」である。


「でも実はねぇ先生…………」

少し躊躇いながら佳司は続けた。

「僕も〝初鰹〟の時季はどっちかって云うと〝お造り〟の方を奨めるんですよぉ。ウチも基本〝ケンケン〟しか使わへんので、上物の鰹の〝造り〟の美味さをぜひとも知ってほしいなと……」

　一息入れる。

「ただねぇ、だからと云って、お客さんが〝たたき〟を食べたいのを否定する気は毛頭《もうとう》ないんですよ。〝たたき〟は〝たたき〟でちゃんとした美味しい料理法やし、当然鰹自体が旨なかったら〝たたき〟も美味ないわけで……、僕も美味しい鰹の〝たたき〟は大好きですしねえ。客に対して店側が食べ方を強要するなんて、やっぱりおかしな事やと思います。お奨めはしてもね……」

　佳司は、一旦言いたい事を整理してみて、話を続けた。

「ただねぇ先生、世間に出回ってる鰹、特に〝初鰹〟の類《たぐい》の油の少ない赤身の鰹で〝造って〟美味しいのんて、そうは無いんですよ。この手の鰹は、ちょっとでも鮮度が落ちると、すぐに生臭なったり苦みが出たりするんで、よっぽど鮮度が良くないと〝造り〟では無理なんです。せいぜい〝たたき〟にせんと喰えんような、つまり〝お造り〟では喰えんもんの方が多いんですよ」

　佳司はまた一息入れる。

「もっと言えば、〝たたき〟にしても不味くて、喰えたもんじゃないのもよおけあるんですわ。しかも、スーパーに並んでるような鰹云《ゆ》うたらほとんどが〝解凍物〟、つまり〝初鰹〟の時期に限らず、静岡とか千葉辺りで獲った鰹の冷凍品を解凍して売ってるんが多いんですよ。実際まだ静岡まで鰹が上ってない2月、3月頃でも売ってますからねぇ。パックの上に貼ってあるシールには〝今が旬〟って書いてあって、下のラベルには(解凍)と表示されてる。どないやねんっ、て感じですわ」

「へぇ〜，そんなん知らんかったなぁ。帰ったら嫁はんにも教えたろっ」

カウンターで佳司の話を聞いていたお二人は、〝目から鱗〟といった表情を浮かべている。

「で、結局最終的に何が言いたいかって言うとぉ……、もちろん〝たたき〟にしたって、肝心の鰹そのものが旨なかったら話にならへんのですけどね、『すさみケンケン鰹』や『しょらさん鰹』の様に、〝造り〟で食べて旨い鰹はそうそう無いってことなんです。まあ、先生は現地で何度も味おうてはるから、よお〜ご存じや思いますけど。せやからそれを〝たたき〟にしても当然〝絶品〟の美味さなんは言わずもがな、ぜひ多くの人に、ほんまに美味しい鰹の〝お造り〟の醍醐味《だいごみ》も知ってほしいなぁと思てるんです。特に大阪って、鰹はあんまり好きやない、って言う人多いやないですかぁ、だからよけいに……」

そうこうしている間に、佳司は、表面を直火で炙り〝焼霜〟にした鰹を盛り付けてゆく。

スライスして軽くさらした淡路島の〝新玉葱《たまねぎ》〟を平皿に敷いて、厚めに切った鰹を並べ、その上に微塵《みじん》切《ぎ》りにした大蒜《にんにく》、下ろし生姜、刻み葱、紅蓼を散らす。特製のポン酢を回し掛け、千切りにした茗荷《みょうが》を天盛りにし、酢橘を添えて出来上がり。

「はいっ、先生お待たせしました、〝鰹のたたき〟です」

「旨いッ！　この〝たたき〟最高ですわ！」

「超ヤバ〜い、美味し〜い」

お二人とも満足頂けた様である。

「大将、ぜひ次回は、改めて〝お造り〟を味わってみますわ」

「ええ、ぜひぜひ！」

「〝初鰹のお造り〟は、必ず生醤油《きじょうゆ》で食べてもらいますねん。この時期の鰹には、出汁《だし》を引いて作った自家製の『造り醤油』は相性が悪いんで。たっぷりの土生姜と茗荷を〝つま〟に、大葉や芋茎《ずいき》の一種の蓮芋《はすいも》なんかも合いますねぇ…………、って言うか先生、急がんともうすぐ紀州の『ケンケン漁』のシーズン終わってしまいますよ〜」

第四章　六月

・松露　仕込み第一〇四号
・衣被ぎ（石川早生）
・ぬちまーす

これも草田佳司の話。

三日も降り続いている梅雨の最中、佳司は、

（この雨じゃ今日も閑やろなぁ）

と溜め息を漏らしながら仕込みをしていた。もっとも、基本的に〝作り置き〟はしない主義なので、仕込みと云っても食材の整理整頓と鮮度管理程度に過ぎないのだが……。

このことは、客からも賛否両論の意見を頂戴していた。

大部分の顧客からは支持されていたが、枝豆でさえもオーダーされてから〝塩擦《しおず》り〟を始める始末で、

「枝豆ぐらい湯掻《ゆが》いて置いときいやぁ」

と文句を垂れる輩《やから》もいる。説教食らうのはまだましで、料理が出てくるのを待たされるのが嫌で、黙って来なくなる客も少くない。

決してそれを容認出来るような現状ではなかったが、たとえ枝豆であっても、〝湯掻きたて〟で客に味わってもらってこそが自分の提供する料理であると、確固たる流儀が佳司にはあった。

そうこうしている間に、静谷蓮《しずたにれん》が顔を出した。

蓮は、30過ぎにもかかわらず会社役員を務めており、主にサービス関連の職種らしく、普段は深夜に現れる事が多かった。

出勤前なのか、濃紺のスーツに白いドレスシャツを着こなし、長身に甘いマスクはかなりのイケメンである。

「あれぇ～、蓮君、今日はえらい早いやん」

「そうなんですよ、ちょっと人に会う約束あって早めに出てきたんで、軽く一杯引っ掛けようかなあと思って」

蓮はカウンターに座って、ドリンクメニューを開いてしばらくは眺めていたが、そのまま向かい側のボトル棚に目をやった。

カウンター席正面の壁側に設置されたボトル棚には、100種を優に超える焼酎が整然と並べられている。

「いつも〝麦水《むぎみず》（麦焼酎の水割り）〟なんで、今日は〝芋〟呑んでみよかな思うんですけど、何がいいですかねぇ？」

「せやなぁ、せっかくなんで宮崎の芋焼酎にしょうか」

蓮は宮崎県出身だった。

佳司は、「松露酒造《しょうろ》」の「松露　仕込み第一〇四号」のボトルを差し出した。

「これにしょうか。これな、『松露』の限定酒で、結構レアもんやで！」

「へぇぇ。普通の『松露』は地元でもよう見かけるけど、こんなん見たこと無いですわ。これって水割りでもイケます？」

「まあ、どっちか云うたらロックか、割るんやったらお湯の方がお薦めやけど、水割りでも全然イケるよ。ようステアしてしっかり馴染ましとくわ」

飲食業界において〝ステアする〟とは、グラスに注いだ酒類等の飲料を、馴染ませるために掻き混ぜることを指す。

佳司はグラスを置き、

「この『松露　仕込み第一〇四号』はな、蓮君知ってると思うけど宮崎県串間《くしま》市にある『松露酒造』が造ってる、『白麹』で『常圧蒸留』の芋焼酎やねん」

といつものようにうんちくをはじめる。

創業90年の老舗蔵元が醸す限定品で、生産量が限られているため、全国でもごく一部の特約店のみが取り扱っている、いわゆる〝超レアもの〟である。

また、「一〇四号」の呼称についてだが、通常、鑑評会出品の折には、数ある仕込みタンクから取り出された焼酎がブレンドされるのだが、その際「仕込み一〇四号タンク」の酒が、ことの他出来が良かったため、その後単一で商品化された経緯に由来する。


「何かちょっと摘もかな。ん〜、あっ、この『衣被《きぬかつ》ぎ』って何ですか?」

その日のお薦めメニューに、見慣れない言葉を見つけた蓮が尋ねた。

「これっ」

佳司は、先程竹皿《たけざら》に盛ってカウンターに並べた小芋を指差した。

「あぁあ、里芋の事ですかぁ。宮崎でも夏から秋頃は、そこらじゅうに一杯積んでありましたわ。実家の近く農家ばっかりやったんで。里芋のこと、大阪では『衣被ぎ』って云うんですかぁ?」

不思議そうに蓮が尚も尋ねた。

「ん〜、ちょっとちゃうなあ。確かにこの芋自体の事を〝きぬかつぎ〟って呼ぶこともあんねんけど、大阪でも里芋は里芋やし小芋は小芋やでぇ。『衣被ぎ』って云うのんは、小芋を使った、ある料理の名前やねん」

「衣被ぎ」とは、主に小芋や孫芋を使う、里芋料理の一つのことである。芋の先っぽ側だけ一部分皮を剥いて、蒸したり茹でたりしたものを、指先で摘むと、〝ツルっ〟と、簡単に皮が剥けるので、それに塩や味噌をつけて頂く料理。本来、晩夏から秋の料理だが、関西には沖縄県産や鹿児島県産が早くから出回るので、佳司の店でも、６月には早々に〈本日のおすすめ〉に名を連ねる。

また、「衣被ぎ」と云う名の由来は、平安時代まで遡《さかのぼ》る。

当時、上流階級の高貴な婦人は、外出する際に単衣《ひとえ》と呼ばれる衣《きぬ》を頭からすっぽり被って顔を隠した。やがて、室町時代と云われているが、衣を被《かづ》くところから、その様や衣自体の事を〝衣被き《きぬかづき》〟と呼ぶ様になる。一部分白い中身を覗かせた皮付きの里芋を、当時の白塗りの顔を覆い被せた〝衣被き〟になぞらえて、この料理をそう呼ぶようになった。そして後に、〝きぬかづき〟が訛《なま》って、〝きぬかつぎ〟に転じた、と云う。

佳司は、持っている知識を駆使して蓮に説明した。

話し終えたところで、丁度「衣被ぎ」が蒸しあがった。佳司の店では、「衣被ぎ」には「ぬちまーす」を添えて提供している。

「ぬちまーす」は、沖縄県うるま市の宮城島《みやぎじま》で生産されている。世界20ヶ国で国際特許を取得した特殊製法で製塩される、〝ミネラル含有量世界一〟と平成15（２００３）年にギネスブックに掲載された塩で、サラサラのパウダー状をしているのが特徴だ。

蓮は、出された小芋を一つ摘まんで、先っぽに少し塩を付け、指先でツルっと皮を剥いて、まるで葡萄《ぶどう》を頬張るように口に入れた。

「熱っ、あちちち。あっ、でもこれ美味い！　小芋をこんな食べ方したん初めてですけど、これ、あっさりしててイケますねぇ」

「せやろっ、美味いやろう。この小芋、『石川芋《いしかわいも》』云うてな、『衣被ぎ』に一番合うて云われてんねん。せやから、この芋自体を〝きぬかつぎ〟て呼んだりもすんねんけど、正式には『石川早生《わせ》』云う里芋でな、実はこれ、大阪原産の芋やねん！」

「へぇえ、そうなんですね。『石川芋』云うぐらいやから石川県の芋かな思いましたわ」

「俺も最初はそお思ててんけど、ある時たまたま大阪の特産品やて知って、それがきっかけで、よう調べてみてん」

佳司は、一息置いて、蓮に話したい事を頭の中で少し整理した。

「この『石川早生』はなぁ、何とあの聖徳太子が伝えたて、云われてんねん」

「そんな昔からあるんですか！」

「せやねん。何でも聖徳太子の縁《ゆかり》の地や云われて名付けられた、今の南河内郡《みなみかわちぐん》の太子町《たいしちょう》辺りにあった村の、叡福寺《えいふくじ》て云《ゆ》う寺に、太子が自分の墓地を造りはったらしいわ。ほんでそん時に、奈良の法隆寺から里芋を持って帰って来はって、その芋がその後、隣にあった石川村云《ゆ》う所で品種改良されて、さかんに栽培されるようになったんやって。だから原産地に因《ちな》んで『石川芋』、早生の品種やから『石川早生』と、こうなったって云《ゆ》う話やねん！」

「へぇええ。ほな、大阪でも結構里芋作ってるんですか？」

「まあ、あちこちで作ってることは作ってるけど、量は大したことあらへんのとちゃうかなぁ。そら、何ちゅうても、トップシェアの宮崎と比べたら、足元にも及びませんわ」

「えっ、宮崎がトップなんですか？　そらぁ、里芋畑ようけある筈《はず》ですわ」

　腑《ふ》に落ちた蓮が続けた。

「そお云やあ、さっきの聖徳太子の話ですけどね……。うちの実家の近くって、里芋畑だけじゃなくて、古墳もよおけあるんですよ。ほんでね、高校ん時の社会の先生が古代史の研究してはったんやけど、その先生がしょっちゅう言《ゆ》うてはりましてね。邪馬台国《やまたいこく》があったとされてる場所には〝畿内説〟と〝九州説〟があるけど、絶対九州にあった筈やて。その後、七世紀て言うてはったかなぁ、その終わり頃まで九州王朝て呼ばれてる、当時の日本の中心勢力があったんやって。ほんでその九州王朝の王の一人が、ほんまもんの聖徳太子やったんやて、そない言うてはりましたわ」

それを聞いていた佳司は、にわかに興奮を覚えた。

「えぇ〜、マジかっ！　俺もそお思ってんねん。最近、聖徳太子はほんまはおらんかったとか云われてるけど、俺は確かにおったと思てんねん。ほんで、そのモデルは二人おると思とって、一人は、最近の社会の教科書に出てくる厩戸皇子《うまやどのみこ》て云われてる、さっき石川芋の話に出てきた畿内王朝の皇子の方で、もう一人の方が、いわゆる聖徳太子の功績とされてる遣隋使《けんずいし》の派遣とか、冠位《かんい》十二階や十七条憲法の制定を実際にやった人。その人は当時政治を司どっとった筈《はず》の、九州王朝の王の一人やと思てんねん。それが証拠に、〝聖徳〟は九州年号から採ったて云《ゆ》う説もあるぐらいやねん！」

黙って聞いていた蓮は、半ば呆れ顔で〝ツッコん〟だ。

「大将、あんた何もんやねん。歴史学者でもあるまいし……。いらん事考えてんと、大将は料理と酒の事だけ考えといたらよろしいねん！」

「まあまあ、そない言わんでも。歴史学者て云われるほど詳しないけど、歴史には結構興味あんねん。

今は人間が１００年近く生きる時代やろ。それ考えたら、たかが１４００年ほど前の話やで。学校で習っとった頃は、遠い遠い昔話ぐらいにしか思てなかったけど、俺らぐらいの歳になると、何かすごい身近に感じて、想像膨らましてまうねん………」

感慨深そうな表情を浮かべる五十路《いそじ》の佳司に、若い蓮は〝ビミョー〟な顔をしている。

第五章　七月

・ヱビス　樽生ビール
・鮪時雨煮
・大羽鰯（真鰯）

これも草田佳司の話。

土砂降り雨のとある月曜日の夕暮れ時、佳司は、とかく仕入れ物が多い週明けの開店準備に追われていた。

(昨日か一昨日、梅雨明けのニュース聞いた気すんねんけど、気のせいやろか)

と首を傾《かし》げる。

「チャリン、チャリ〜ン」

入口のドアに吊られているベルが、〝早よ店開けんかい！〟と、煽《あお》るように佳司の耳に響いた。

(こんな時に限って、お客さん早よ入って来んねんなあ〜、もう……)

と佳司はやや不快を感じる。

しかし、聞き慣れた女性の声が、佳司に微かな安堵感を与えた。

「大将、こんばんは」

作業の手を止め顔を上げてみると、カウンター越しに立っていたのは、15年来の常連客、永崎圭子《ながさきけいこ》だった。

40歳を超えているが、その童顔のせいかどう見ても30代前半にしか見えず、もう少し上背《うわぜい》があればモデルでも通用しそうなスレンダーボディーをしている。ファッションにも精通しており、いつも最新のアイテムを身に着けている。

「忙しそうね」

「休み明けはいつもバタバタやねん。まあ、単に俺が段取り悪いだけなんやけどな。まあ、座って」

「焦らなくていいよ、ゆっくりで。先に準備終わらせちゃって」

圭子は、中学は香港、高校はイングランド、大学は中国で通った帰国子女である。そのせいかどうかは知らないが、大阪生まれにも関わらず、会話はほぼ標準語。たまに何かの拍子で関西弁をしゃべったりすると、よく大阪舞台のドラマなどで、出身が関西以外の俳優が発する奇妙な大阪弁のセリフのようで、佳司は笑いを堪えるのに一苦労する。

現在は、トライリンガルをフルに発揮して、商社に勤めるアラフォー女子である。

佳司は、取り敢えずまな板の上を整頓し、料理に掛れる状態にして、圭子が所望《しょもう》した「ヱビス 樽生ビール」を注いだ。

そう、〝ちょっと贅沢なビール〟でお馴染みの、麦芽100％でピルスナータイプの、元祖〝プレミアムビール〟である。

「はいっ、〝生〟お待たせ。今日の〝突き出し〟は『鮪の時雨煮《しぐれに》』やで」

その後にいつものうんちくがつづく。

「『時雨煮』云《ゆ》うんはなあ……」

「時雨煮」とは元々、三重県桑名《くわな》市名産の蛤《はまぐり》を生姜を加えて甘辛く煮付けた、江戸時代中期発祥の料理「時雨蛤」のことだったが、今日同様に味付けした煮物全般をそう呼ぶ。

佳司は、酒、砂糖、濃口醤油、味醂《みりん》で調味し、旨味《うまみ》調味料で味を整える。

旨味調味料こと化学調味料を、一切使わないことを〝売り物〟にしている店や料理人もいる。しかし佳司は、使うことでその料理がより一層美味しくなるのであれば、躊躇《ちゅうちょ》せず使う主義であった。もちろん、料理にもよるし、必要最低限であるのは言わずもがなである。不使用で〝イマイチな一品〟となるか、使用して〝ピカイチの逸品〟となるか、どちらを取るかと問われれば、迷わず後者を取るだろう。

「わあぁ、美味しいね。こんなの作れたら、うちの旦那も喜ぶだろうにね……」

悲しいかな、料理はご主人の方が得意らしい。

「作り方教えたろかぁ、そない難しないで」

「いいよ。どうせ聞いたって上手く出来ないから！」

「諦めんのん、早っ」

佳司の素早い〝ツッコみ〟に、圭子は苦笑いである。


「今日は何食べようかなぁ」

話題を変えようと圭子が呟《つぶや》く。

極端に小食な彼女は、そんなに何品も食べることが出来ないので、黒板に書かれたメニューを眺めながら思案のしどころである。

「今日は、北海道からええ〝大羽鰯《おおばいわし》〟入荷ってるで。めちゃくちゃ脂乗ってるから、〝造り〟もええけど、大蒜《にんにく》入れて〝叩いた〟ら旨いで！」

鰯（真鰯《まいわし》）は、その大きさにより〝大羽〟、〝中羽《ちゅうば》〟、〝小羽《こば》〟と呼び分けられる。

「鰯の〝たたき〟かぁ、美味しそうね。じゃあ、それにする。あっ、でも……」

佳司は、圭子が何か言いかけてやめたのが気になった。

「どうかした？　他のにする？」

少し躊躇い気味に圭子が口を開いた。

「大将、気を悪くしないでね。最近、テレビとかネットで騒がれてるでしょ？　ここ数年急増してるって。あれって、鰯もヤバいんじゃないの？」

「ああ、〝アニサキス〟！　何とかって云うタレントが被害にあったって、大騒ぎしてる寄生虫の話やろ？　やっぱり心配？」

「よくは知らないんだけど、鯖とか鰯とかの青魚《あおざかな》は特に危ないって、今日もテレビで言ってたし……。実際どうなの？　ほんとに危ないの？　そんなに増えてるの？」

タレントの「アニサキス症」被害が、ここのところ連続して起きているらしく、そのネタをワイドショーなどで頻繁に取り上げているので、不安になるのも無理はない。

佳司は、「アニサキス症」について解説をはじめた。

「その話なぁ、合《お》おてる所もあるし間違ってる所もあると思うねん」

話の内容は以下である。

まず、誤解されがちなのは、「アニサキス症」が近年急増していると云うのは、〝アニサキス〟が寄生してる魚が極端に増えているのではなく、保健所への報告数が増えていると云う事だ。ここ10年で20倍などと云われているが、それは、平成24年（２０１２）年に食品衛生法が一部改正されて、「アニサキス症」に関して、医療機関から保健所への報告が義務付けされたことが大きな原因だと思われる。

また別の要因として、〝海鮮料理人気〟も手伝って、〝回転すし〟なども含め、安価で生魚を扱う店が増えたことが挙げられる。学生アルバイトなどの知識と技術が伴なわない調理人が、鮮魚を捌いたり刺身を提供したりしていることも原因の一つであろう。実際、酢で〆たら大丈夫、などと本気で思っている調理人も存在する。

また、〝アニサキス〟、正確に言えばその幼虫なのだが、一部の魚介類に、頻繁《ひんぱん》に寄生しているのも紛れもない事実である。それを生きたまま食べてしまうと、人間の体内でもしばらく（約1週間）生存しているため、運悪く胃とか腸の粘膜に入り込んだりした場合、ひどい吐き気や激痛を引き起こし、劇症化《げきしょうか》することもある。

今回、タレントによる被害がたまたま連続して起きたため、ワイドショーやネットニュースの格好のネタとなったと云う訳だ。

「やだぁ、じゃあ危ないんじゃない、鰯の〝たたき〟なんて！」

圭子は閉口気味である。

「でもな圭子ちゃん、ウチで散々生の青魚食べてくれてるけど、今まで何もなかったやろ？！　ちゃんと理由があんねんで」

「まあ、確かに今までそんなの一度も無かったけど……。理由って何よ？」

圭子はまだ不安気の様子だ。

「もう一杯ビールちょうだい」

と挑むように佳司を見る。

「はいよっ」

佳司は、二杯目のグラスを差し出す。

(これはちゃんと説明しとかなあかんな)

プロの料理人としての使命感に駆られた。

「寄生虫の食中毒は、ちゃんと防ぐ方法があんねん。『アニサキス症』に関しては、加熱調理するか、マイナス20度以下で丸一ん日以上冷凍したら死滅するって云われてんねんけど……」

説明をはじめる。

問題は生食する場合である。佳司のようなプロの料理人は、鯖や鰯等の青魚を生で提供する場合、まず仕入れの段階から吟味が始まる。鮮度はもちろん、時季や産地でも寄生虫の有無、多少が相違するため、仕入れ先とも綿密に情報の交換をして、極力危険度の低いものを選択する。

次は下処理である。〝アニサキス〟は、元々ほとんどが内臓に寄生しているのだが、宿主の魚介類の死後、筋肉にも移動を始める。そのため、刺身等の生食用のネタは、仕入れ後出来るだけ早急に内臓を取り除く必要がある。

そして、最後は捌いた後、目視で最終確認する。〝アニサキスの幼虫〟は大体2～3㎝大で、もし寄生していれば人間の目でも十分発見が可能である。筋肉に入り込んでいる場合も、傷や変色等でその痕跡が残っていることが多いため、慎重に確認しながら全て除去する。

一方、「烏賊《いか》の塩辛《しおから》」や「沖漬《おきづけ》」などの内臓ごと食する料理の場合は、冷凍処理が必須となる。

「ここまでするから、お客さんに安心して食べてもらえるっちゅう訳《わけ》やね。まあ、云《ゆ》うても人間のすることやから100％って云《ゆ》うのは有り得へんやろうけど、俺らは限りなくそれに近いように慎重に仕事してるつもりやし、お客さんに安全なもんを提供してるって云う自負は常に持ってるよ。何年か前の〝ユッケの事件〟みたいに、調理に携わる仕事をしてるもんは、人の命を奪ってしまうこともあるっちゅう事を、常に肝に銘じとかなあかんって思ってんねん」

佳司は、自分の覚悟を再確認するかの様に語気を強め説明を終えた。

圭子はしばらく黙っていたが、心の中では頷《うなず》いていた。

「ふう〜ん。奥が深いのね。確かに私も、今回話題になるまで、鯖の〝生鮨《きずし》〟なんかは塩と酢で〆《しめ》てあるから安全だとか思ってた……。う〜ん、大将の話聞いてたら、なんかお腹すいてきちゃった。じゃあ、満を持して、鰯の〝たたき〟をちょうだいっ」

圭子は屈託なく笑う。

佳司は、すでに頭と内臓を取り除いてある〝大羽鰯〟を冷蔵庫から取り出し、三枚に下ろしていく。皮を引いて腹骨を剥《す》き、寄生虫がいないか慎重に確認してから上身を小口切りにする。そこに、卸した土生姜、大蒜の微塵切り、紅蓼、刻み葱を合え、包丁の背で軽く叩いて馴染ませる。大葉を敷いた器にそれを盛り付け、繊《せん》切りにした茗荷を天盛りにして出来上がりだ。

「はいお待たせ、〝鰯たたき〟。特製のポン酢付けてどうぞ！」

と佳司が皿を置くと、圭子がにっこり笑う。

第六章　八月

・朝日
・水茄子浅漬け
・黒豚味噌（粒味噌）

第六章　八月

　これも草田佳司の話。

お盆も過ぎたと云うのに、まだまだ強烈な猛暑が続く、とある晩夏の週末。

店の片付けも一段落して、ふと目に入った壁掛け時計の針は、もう午前三時を指していたが、路地の角に置かれた佳司の店の看板は、大体毎日午前5時頃までは灯りを点していた。

(もう今日はお客さん来《け》えへんかな)

　と思った矢先、ガチャッっと勝手口が開く音がした。

「店長、ご無沙汰してますぅ〜」

顔を覗かせたのは梅崎兼太《うめさきけんた》だった。

長身で、若いころはかなりスリムだったが、40歳を超え齢なりとは云え、全体にぼてっ、としたイメージだ。面長に短髪で、ぎょろっとした大きな目が好印象を与える。クールビズのユニフォームだろうか、社名入りの割には小洒落たポロシャツに、これまたセンスの良い作業ズボンを穿いている。

(さっすが外資系、制服もおしゃれやなあ)

　と佳司は心の中でつぶやく。

彼は学生時代に、当時佳司が店長を務めていた居酒屋でアルバイトをしていたが、佳司が独立して店を出してからも、事あるごとに尋ねて来てくれる。彼がバイトをしていた頃からすればかれこれ二十数年が経っているが、佳司を呼ぶ時は今でも〝店長〟だった。今は外資系の精密機器メーカーの営業マンをしており、会社の所在地である横浜に住んでいるが、週末以外はほとんど出張で、日本中を飛び回っているらしい。


「おお、梅崎、久しぶりやなぁ。何もそんな狭いとこから入って来んでええのに……。今日は出張で大阪来たんか？　まあ座りいや」

兼太はカウンターの椅子に腰かけ、

「ふううー」

と大きく息を吐いた。

「なんかお疲れ気味やなぁ。こんな時間まで呑んでたんか？」

おしぼりを手渡しながら、佳司が声を掛ける。

「接待やったんですよ。やっと解放されたんですけど、ちょっとクールダウンしたくて……。ああ、『朝日《あさひ》』ください、〝ちょい水〟で！」

佳司は、大振りの氷を入れた信楽焼のグラスに喜界島《きかいじま》の黒糖焼酎「朝日」を注ぎ、少量のミネラルウォーターを足してから丹念にステアして、兼太の前に差し出した。

「はいよ、『朝日』の〝ちょい水〟」

営業マンとして日本中を飛び回り、行く先々でその地の酒を飲み尽くしてきた謙太には、さすがの佳司もうんちくは垂れない。

「朝日」は、喜界島の「朝日酒造」が醸す、「白麹製」で「常圧蒸留」の黒糖焼酎で、この蔵を代表するレギュラー銘柄である。

黒糖焼酎は、当時敗戦後の日本を統治していた連合国軍最高司令官総司令部、G・H・Q支配下であった、奄美《あまみ》群島が昭和28（１９５３）年に本土復帰した際、米麹を使用する事を条件にその地域のみでの製造が許可された。文字通り黒糖を原料に用いた焼酎で、正確には「奄美黒糖焼酎」と呼ばれ、現在も奄美群島の奄美大島、喜界島、徳之島《とくのしま》、沖永良部島《おきのえらぶじま》、世論島《よろんじま》の５つの島のみでしか製造されていない。

「やっぱ、『朝日』は美味いっすよねぇ～」

「せやなあ、俺も黒糖ではこれが一番好きやなぁ。柔らかさとコクを兼ね備えてるもんな～。また〝ちょい水〟が合うねん、これがっ」

「実は、今週は奄美の方の得意先回ってたんですよ。溶けて無くなるか思うぐらい暑かったですわ。ほんで今日はウチの展示会あったんで今朝大阪入りして、その後参加してくれたお得意さん接待して、今ですわ。もうクタクタなってもうたから明日ゆっくり目に横浜帰ろう思て……」

「せやったんかぁ、そらぁ御苦労さんやな。まあ、くつろいで行きや」

佳司は、「水茄子《みずなす》の浅漬け」と「黒豚味噌《くろぶたみそ》」を小鉢に盛り付け、兼太に〝突き出し〟た。

「接待の後やったら、軽めの方がええやろ」

夏場の大阪には欠かせない味覚である「水茄子」は、泉州《せんしゅう》エリア（大阪府南部）の特産品で、灰汁《あく》が少なくて水分量が多く、生食可能な珍しい茄子である。糠《ぬか》漬けが定番であるが、佳司の店では粗塩《あらじお》と米酢で調味している。

一方「黒豚味噌」は、鹿児島を中心にした南九州や沖縄地方の郷土料理。通常は、九州地方で一般的に使われている、麹に麦を使用した味噌である「麦味噌」を用いるのだが、佳司は、奄美大島の「粒味噌《つぶみそ》」を使用している。奄美大島の「粒味噌」は、大豆と米麹から出来ていて、いわゆる本土の、味噌汁に用いる味噌とは一線を画し、その物自体を食べる固形の味噌である。

佳司の店の「黒豚味噌」は、鹿児島県の黒豚専門牧場で飼育されている「霧島高原純粋黒豚」の挽肉を使用し、それを微塵切りにした高知県産の土生姜と青森県産の大蒜とを一緒に炒め、そこに「粒味噌」と喜界島の黒糖、奄美大島の黒糖焼酎、料理酒を加えてさらに炒りこむ。仕上げにピーナッツ粉、当り胡麻、削り節を混ぜ込んで完成である。ほんのり甘くて深いコクがあり、焼酎をはじめ、酒の肴にはもちろん、ご飯やパンにも相性ピッタリの逸品に仕上がっている。

「水茄子もこの味噌も、『朝日』によお合いますわ」

兼太は、一杯目の「朝日」を飲み干して、すかさずおかわりをする。

二杯目のグラスを口に運ぼうとした彼は、「あっ」と、突然何か思い出しグラスを戻してしゃべり出した。

「そお云や店長、奄美大島でごっついもん見ましたで！」

兼太の疲れ気味だった目がにわかに輝きだした。

「空港からそんな離れてへん漁港のそば通っとったらねぇ、何か人だかりしてましてん。何やろな思て、時間もあったしちょっと見に行ったんですわ。ほんならね」

謙太は焼酎をぐっと飲み、一息入れてから続ける。

「何や馬鹿でかい物体が港に横たわってますねん。(何やろこれ？)思て、近くまで寄ってみたら、まあ、びっくりしましたで。思わず〝ウワァオーゥ！〟て叫んでまいましたわ」

そこまでしゃべって、興奮を抑えるように、兼太は焼酎をまた口に含んでゴクリと飲み込んだ。

「えっ、ほんで何やってたん？」

佳司もオチが早く知りたい。

「鮫ですわ！　巨大鮫！　３ｍぐらいあったんちゃうかなぁ。厳《いか》つい顔してましたでぇ。地元の人がイタチザメやて言うてましたわ。かなり危険な鮫らしいて、人間も喰われることあるて言うてましたで……、知らんけどっ！」

何か言い終えた後に、必ず〝知らんけどっ！〟で締めくくる、大阪人の悪いクセである。

兼太は思い立ったように鞄からスマホを取り出し、〝どや顔〟でその時撮った写真を佳司に見せた。

「うわっ、ホンマやなぁ。厳つ〜。泳いどって目の前にこんなん現れたら気絶するわ」

「いやいや、気絶したら喰われてまうがなっ！　せやけどこれすごいでしょう？　ジンベイザメ程やないにしても、こんなでっかい鮫、水族館でしか見れませんで」

「ほんまやなぁ」

共感しながら、佳司もある出来事を思い出していた。

「あんなぁ、さっきちょっともしかして！　と思った事あってん。俺も喜界島行った時なあ……」

少し間を置いて佳司が語り出した。

「喜界島におる間毎日どっかで釣りしとってんけどな、その日もある岩場で竿出しててん。ほんでなぁ、５ｍ程先に放ったウキ眺めながらちょっとぼうっとしとってん。ほんならな、視界の右側に何か人影みたいな気配感じんねんやん。せやけど、海の上に人立ってるわけ無いしなぁ思て、目の前のウキから恐る恐る視線を右側にずらしていってん。ほんならやなぁ…………」

ここまで話して、佳司は冷水を口に含んで一呼吸置く。

「ちょお、焦《じ》らさんといてくださいよ、もおぅ、かなんわぁ！」

すかさず兼太が〝ツッコミ〞を入れる。

「おお、すまん、すまん」

佳司はほくそ笑んで話の続きを始めた。

「ほんでやなぁ、右側向いた瞬間、もう凍りついたで。恐竜や恐竜！　いやっ、恐竜ちゃうなぁ、怪獣や海獣！　ごっつい龍みたいなヤツが海面から首出してこっち睨《にら》んどるやないかい！　さすがに俺も固まってもうて、数十秒ドラゴンと睨めっこや」

「えっ、ほんでどうしたんですか？」

「どうしたもこうしたもあらへんがな。大体それが現実に起こってる事なんかどうかも半信半疑や。

錯覚か？　って自分に確かめるねんけど、現実にちゃんと目の前に居てるがな。何じゃこれ！　って思いながら、どれぐらい睨み合いしてたやろなぁ、そしたらおもむろにそのドラゴンが踵《きびす》を返して、沖へ潜って行きよってん。居らん様なった海面にはでっかい波の蜷局《とぐろ》出来とったわ」

佳司の脳裏には、その時の光景がいまだ鮮明に焼き付いていた。

吸い込まれるように話に聞き入っていた兼太だが、ふと我に返ったと同時に懐疑心《かいぎしん》が芽生えるのを覚えた。

「もしかして話盛ってません？　それネタちゃいますやろなぁ？」

「ちゃう、ちゃう！」

佳司は慌てて否定する。

「その後島人に聞いてんけど、オオウツボ云うて奄美の辺ではよお見かけるらしいわ。２ｍから３ｍあるヤツもおって、海辺で釣った魚とか捌いとったら、気配嗅ぎつけて襲って来よる事もあるらしいで。噛み付かれんでよかったねぇ、て言われたわ！」

「へえぇ、現実に居るんですねぇ、そんな化けもんみたいなヤツが……」

「そおやなぁ。お前が見た馬鹿でかい鮫にしたって、俺が見たオオウツボにしたって、いやもっと強烈で目を疑う様な生き物でも、自然界には何の不思議も無く存在してるんやろなぁ」

「やっぱり大自然は奥が深いですねぇ」

「そう云うことやなぁ…………。自分が見たり聞いたりした事なんか、知ってるつもりになってるだけで、たかが知れてるっちゅうこっちゃなあ。何の事でもそうやけど、物事を知れば知るほど、実は自分がどんだけ無知かって云うことを、つくづく思い知らされるわ」

そう言って頷き合っている間に、夜はすっかり明けていた。

第七章　九月

・白玉の露
・ナガス鯨尾羽毛
・秋刀魚（大黒さんま）

これも草田佳司の話。

九月に入ってもまだまだ厳しい暑さが続いており、佳司の店のエアコンも当然のようにフル稼働で、オーバーヒートでも起こしはしないかと、気が気でならない毎日である。この残暑厳しい中、エアコンが故障でもしたら、とても店など開けられない。

とは云ってももう九月に入って数日が経とうとしており、〝おすすめメニュー〟の献立は既に秋の味覚で満載である。

例えば今日も、旬の食材が盛り沢山で、小さな店にしてはやや仕入れ過ぎなのが、いつもの佳司の悪い癖であった。

気仙沼《けせんぬま》（宮城県）の「戻り鰹《もどりがつお》」
厚岸《あっけし》（北海道）の「大黒《だいこく》さんま」
五島《ごとう》（長崎県）の「剣先烏賊《けんさきいか》」
鳴門（徳島県）の「紅葉鯛《もみじだい》」

三崎《みさき》（愛媛県）の「岬《はな》あじ」

久御山《くみやま》（京都府）の「秋茄子」

徳島の「新蓮根《れんこん》」

掛川《かけがわ》（静岡県）の「石川小芋」

等々、

メニューを書き上げると満足そうに眺める。

（仰山《ぎょうさん》仕入れてもうたからお客さんよおけ来てもらわな困るなあ）

そう思っていた矢先、山本伸治《やまもとしんじ》が後輩を連れて入ってきた。

「まいど!! 大将、二人いける？」

「ああ山本さん、どうぞどうぞ！」

山本伸治は、四十代半ばの大手のゼネコン社員で、数年来佳司の店に通う常連客である。

酒と酒場をこよなく愛し、ほぼ毎日のように飲み歩いている反面、アウトドア派のスポーツマンで、適度な筋肉質で中年太りはしていない。鼻が高く、どことなくあおい輝彦似の昭和のジャニーズ系で、どこか人を和ませる優しさが漂う。また、休日なんかには奥さんと娘さんに手料理を振る舞ったりするなど、マメな一面も持ち合わせていた。釣りが趣味の1つの大の魚好きで、その事が佳司の店を好む所以《ゆえん》でもあった。薄い紺の品の良いスーツに淡いブルーのワイシャツと云う、中間管理職らしい無難な服装を、まるで制服のように身に着けた典型的なサラリーマンである。

「何飲みます？」

「今東京から帰って来てんけど、新幹線で缶ビール３本も飲んで来たからもうビールはいらんなぁ。ん〜と、『白玉の露《しらたまのつゆ》』。水割りで頂戴、あっ、お前どうする？」

「あっ、じゃあ僕も同じので」

「はいよっ」

佳司は水割りの用意をしながら、いつもの癖でうんちくを始める。

『白玉の露』は、鹿児島県肝属郡錦江町《きもつきぐんきんこうちょう》にある、あの『魔王』で有名な、『白玉醸造』のレギュラー酒でね」

地元大隅《おおすみ》産の「黄金千貫《こがねせんがん》」を原料にして「白麹」で醸した、この蔵唯一の「常圧蒸留」による芋焼酎であり、酒名とラベルは明治37（１９０４）年の創業当時から変わっていない。

「黄金千貫」は、主に焼酎の原料として使用されるさつまいもで、そのシェアは90％を超える。皮が白に近い黄金色をしていて、生産性が高いことがその名の由来で、鹿児島県産が約8割を占める。控えめで上品な甘さは食味もよく、近年は生鮮品としても県内の店頭に並ぶ。

「白玉の露」の様な、「黄金千貫」が原料の「白麹製」で「常圧蒸留」の焼酎は、鹿児島や宮崎で地元の人にも愛されている、もっともオーソドックスなタイプの芋焼酎である。

伸治は水割りを好むが、このタイプの芋焼酎は、お湯割りにすると芋の甘みが引き立ち、より味わい深い。


「はい、『白玉の露』水割りと、〝突き出し〟の『ナガス鯨《くじら》尾羽毛《おばけ》』です。どうぞっ」

佳司はうんちくを語りながらも手を動かし、「白玉の露」にあう肴を用意する。

「尾羽毛」とは、鯨の尾鰭《おびれ》の部分（尾羽、尾羽毛）を、ボイルして油を抜き冷水で晒《さら》したもの。ふわふわのゼラチン質でシャキシャキした食感は、特に関西で好まれる〝珍味〟である。

佳司の店では、小鉢に盛った「尾羽毛」に千切りにした胡瓜《きゅうり》を付け合わせ、その上から辛子酢味噌を掛けて、下ろした土生姜と当り胡麻を添えて提供している。


水割りに口を付けながらメニューを眺めていた伸治は、献立に「秋刀魚造り《さんま》」、「秋刀魚たたき」はあるのに「秋刀魚塩焼き」は書かれていないことに気付く。

「大将、〝秋刀魚の塩焼き〟は書いてへんけど、秋刀魚あるから出来るやんなあ？」

「いやぁ、今日はそのつもりはしてないんですよ。まあ、どうしても、と言われたらやりますけど……」

「えっ、何で？　俺はどっちか云うと秋刀魚は生より焼いた方が好きなんやけどなぁ」

「いやぁ、山本さん分かりますよー、僕もそうやから。ただねぇ、今日のメニューに〝塩焼き〟書いてへんのはいくつか理由《わけ》がありましてねぇ……」

（さあ、どう説明したもんか）

「一番の理由は、今年はまだ痩せてて、脂の乗りがイマイチなんですわぁ。せやから逆に〝造り〟とか〝たたき〟には丁度ええんですけどねぇ。例年やったらもうしっかり脂乗っててもええんやけどねぇ、この時期やったら……」

「そお云やあ、今年もう何回か〝秋刀魚の塩焼き〟食べてるけど、言われてみれば、も一つ脂乗っててへんかったなぁ」

「そうでしょう？　それにねぇ、今日ウチで仕入れてる『大黒さんま』て、ブランドもんでねぇ、物も段違いにええんやけど値段も普通の2～3倍するんですよぉ。しかも今年はまだ本格的に数上がってへんらしくて、秋刀魚自体の相場もまだ安定してませんねん。ただでさえここ数年、秋刀魚の漁獲量が全体的に少のうて値段も高いんでねぇ」

佳司は冷蔵庫から秋刀魚を取り出し伸治に見せる。確かに普通の秋刀魚に比べると、型も身の締りも数段よいのは一目瞭然だが、この時期の「大黒さんま」にしては物足りない。

「せやから仮に〝秋刀魚の塩焼き〟を今日のメニューにしたら、高級割烹《かっぽう》並みの値段になってしまいますねん。ウチはあくまで居酒屋や思てますから、脂もイマイチの〝秋刀魚の塩焼き〟にそんな高いお金払てもらうんは主義に反するんですよ！　せやから、片身付けで〝造り〟と〝たたき〟で出してるんですわ、値段半分で済むし、その方が今の秋刀魚は美味しく食べれるんで。どうせやったら、丸々肥えてしっかり脂も乗って、値段も安なってから、満を持して〝秋刀魚の塩焼き〟献立にしたいんですわ」

「大黒さんま」とは、北海道厚岸産のブランド魚である。厚岸の秋刀魚漁船が、船上で漁獲直後の特大サイズの秋刀魚だけを選別し、紫外線殺菌冷却海水を使ってそのまま箱詰めされる。出漁から24時間以内で水揚げされると云う、厳しい規格と規定をクリアした超プレミアムブランドである。

「大黒さんま」は、その鮮度の良さから、魚体の尾の方を垂直に手で握って頭の方を上に向けると、曲がらずにまっすぐ立つ程の身の締まりである。

「へぇぇ、色々裏事情があるんですねぇ。そんなん何も考えんと飲んだり食べたりしてますわぁ」

　佳司と仲治のやり取りを横で聴いていた後輩が、感心したように呟いた。

「まあ一般の人はそれでええんちゃう。他に考えなあかん事いっぱいあるやろしなぁ。俺ら逆に、料理と酒の事しか考えてへんもんなぁ」

　と佳司は笑う。

「そんなことは無いでしょうけど」

　後輩も気まずそうに笑う。

「いやほんま」

　佳司が話を受け続ける。

「ああそれと、もう一つ付け加えたら、今日の秋刀魚は生で出すつもりやったから、仕入れてきてすぐに〝水洗い〟してあんねん。あっ、〝水洗い〟て、魚を真水で洗って、鱗取って、頭落として、内臓取り出して、腹の内側までよう洗てあるって事やねん。一応、秋刀魚も〝アニサキス〟の心配あるからなぁ。やっぱり、秋刀魚を塩焼きで喰う時は、尾頭《おかしら》付きで多少焦げるぐらいに焼いたんを、はらわたも一緒に豪快に喰うんが醍醐味やからねぇ。山本さんもそう思いませんかぁ？」

「そらぁそおやんなぁ……。あっ、聞いてくれるか大将。こいつなんかこないだなぁ、〝秋刀魚の塩焼き〟頼んで、出て来たら、頭も内臓もきれえに外して、背骨はもちろん、細かい小骨まで全部取って、身ぼろぼろにして食いよんねんでぇ。ほんまっ、どお思う、大将。どんだけの良家で育ったちゅうねん！」

「そんなん言われても、内臓苦いし、骨口に当んのん嫌ですもん」

と後輩は口を尖らせて小さな声で言い訳する。

苦笑いしながら聞いていた佳司の脳裏には、ある落語の小噺《こばなし》が浮かんでいた。

「まあ、人それぞれでええんちゃいますかぁ。それより、今その話聞いて『目黒のさんま』っちゅう落語のこと思い出しましたわ！　知ってはります？」

「知らんわ大将、それ何や？」

「僕も知りませんわ、って云うか、落語自体ちゃんと聴いたことありませんわ」

「ほんなら話そかぁ。えぇ～、『目黒のさんま』……」

佳司は、ほくそ笑んで話始めた。

「えぇ～〝目黒のさんま、目黒のさんま〟……、まあ、掴《つか》みの〝まくら〟は置いといて、江戸時代やと思うんやけど、晴天に恵まれたある秋の日、偉い殿様が〝目黒〟に鷹狩りに出かけた時の話でありやして～」

と手振り身振りも交え面白そうに話す。

話のあらすじは以下である。

〝目黒〟と云うのは今の東京の目黒区辺りのことである。その時は急な〝お出かけ〟で、お付きのものが弁当を持参するのを忘れる。昼食時になり一同空腹で途方に暮れているところへ、何処からともなく、秋刀魚が焼ける香ばしい旨そうな匂いが漂って来る。普段、鯛や鮃《ひらめ》など高級魚しか口にしたことのない殿様は、秋刀魚を焼く匂いなど知る由もない。

それでお付きの家来に、

「これは何の匂いじゃ」

と尋ねる。

家来が、

「これは、近所の下衆《げす》の下民《げみん》が、秋刀魚と云う下種魚《げすうお》を焼いてる匂いでございます」

と答える。すると、空腹の殿様は、

「わしにもそれを喰わせ」

と家来に命令する。

仕方なく家来が近くの農家に頼み、焼いた秋刀魚を5、6匹分けてもらってくる。殿様、初めて見る秋刀魚、しかもあちこち焦げて真っ黒になった下衆の食べものである。しばらくは躊躇って眺めていたが、恐る恐る口に入れてみる。脂の乗った旬の秋刀魚が不味かろう筈が無い訳で、あっという間に全部平らげてしまう。

さて、屋敷に帰った殿様は、それから秋刀魚の味が忘れられない。しかし、屋敷では秋刀魚のような下種魚が殿様のお膳に上がる筈もなく、

(秋刀魚が喰いたい、秋刀魚が喰いたい)

と思い過ごす毎日。そこへ、親類に招待される機会が訪れる。何でも食べたい物を所望するよう言われた殿様、迷いも無く、

「秋刀魚が喰いたい」

と要望する。

秋刀魚みたいな下種魚を用意してる筈の無い親類一同、急いで人を走らせて、日本橋の魚河岸《うおがし》で最上級の秋刀魚を取り寄せる。さて、秋刀魚を手に入れて焼いたまではよかったが、まずは頭と尾の固い所を落として、焦げた皮を全部剥ぎ、刺さると大事だと、背骨は勿論隅々の小骨まで全部取り除く。さらに、脂っこくて体に障ると、蒸し器で蒸して脂と云う脂を全部落としてしまう。挙句の果てに、見栄《みば》えが悪くなった秋刀魚の身をつみれにして汁椀《しるわん》に入れ、ようやく殿様のお膳に出される。

一方、お椀を出されて戸惑う殿様、訝《いぶか》しげにお椀の蓋を取ってみると、中から微かにあの懐かしい秋刀魚の香りが漂って来る。

「おう、秋刀魚じゃ、秋刀魚じゃ」

と喜んで箸を付けて口に運ぶ。ところがこの秋刀魚、あの美味かった思い出の味とは似ても似つかない、何とも言えぬ不味《まず》さ加減である。

佳司の話は落ちに入る。

「ほんで殿さん、『これは何処の秋刀魚じゃ？』て、運んできた親類に尋ねんねん。『はあ。日本橋の魚河岸で取り寄せた銚子《ちょうし》の沖の本場物でございます』それを聞いた殿さんが言い放つねんな。『うう～ん、銚子か……、それはいかん。やっぱり秋刀魚は〝目黒〟に限るぞ！』お後がよろしいようで。ちゃんちゃん！」

「へぇ、おもろい話やなぁ。その落語聴きたなったわ。『ＹｏｕＴｕｂｅ』に落ちてるかなぁ？探してみよっ」

伸治は興味深かった様だが、横の後輩は腑に落ちない顔をしている。

「えっ？？？　全然〝落ち〟解らないんですけど」

「鈍いのお、お前。東京の〝目黒〟は海に面してへんやろっ。秋刀魚も知らん、地理も解らん無知な殿さんが、〝目黒〟で獲れた秋刀魚が一番美味いと思い込んで『秋刀魚は〝目黒〟に限る』て断言する愚かさを笑う話やないか！」

「あぁぁ、なるほど！　そうなんですねぇ」

だが、佳司はこの話を通してもう一つ言いたいことがあった。

「噺の〝落ち〟はそうなんですけど、僕がほんまに言いたかったんは、やっぱり〝秋刀魚の塩焼き〟喰う時は、あれこれ弄《いじく》らんと、皮が多少焦げたくらいなヤツを、焼きたてで皮も内臓も一緒くたに、小骨なんか気にせんと豪快に頬張るんが王道やっちゅうことですわ！」

「ああっ、やっぱり僕責められてますやん！」

３人は顔を見合わせて笑った。

第八章　十月

・月の桂　純米酒
・酢茎漬
・海老芋
・壬生菜
・賀茂なす
・生湯葉（引き上げ湯葉）

これは草田佳司のとある休日の話。

先週まではまだまだ暑い日が続いていたが、今週に入った途端急に冷え込む朝晩が続き、身体が戸惑いを隠せないでいる十月の半ば。最近では運動会もめっきり少なくなった〝体育の日〟の夕暮れも、汗ばむ程の秋晴れだった昼間とは打って変わって、半袖では心底冷えるほどである。

休日を利用して、佳司は京都を訪れていた。

日曜、祝日は佳司の店の定休日である。

（うおぅっ、急に肌寒なってきたなぁ）

佳司は、急いで手に持っていた皮ジャンをTシャツの上から羽織った。

「休みの日に風邪でも引いたらシャレならんもんなあ。邪魔やったけど皮ジャン持って来といてよかったわ」

とひとりごとを呟く。

「京都市美術館」で開かれていて、大人気で連日混み合っている「伊藤若冲《いとうじゃくちゅう》」の展覧会を鑑賞した後、三条通りをとぼとぼと歩いていた佳司が、〝木屋町《きやまち》〟辺りに差し掛かったころには、すでにすっかり日も暮れていた。

そして、特にそれが目的では無かった筈なのだが、気が付けば行きつけの店の前にいた。

「おこしやすぅ」

佳司が暖簾《のれん》を潜《くぐ》った店は昔から馴染みの〝おでん屋〟であるが、かと云ってそう頻繁に訪れる訳でもない。とは云え、その店のおでん出汁の〝あたり（味加減）〟がとても気に入っていて、今夜の様ににわかに〝熱燗《あつかん》〟が恋しくなった夕暮れ時には、時折思い出したように足が向くのであった。

「熱燗頂戴！」

「へえ、おおきに～」

50過ぎであろう和服の女将《おかみ》が上品に答える。瓜実顔《うりざねがお》のやや切れ長の目に長細く高い鼻、小さな唇と、浮世絵に描かれたような美人だった。薄い青色に紅葉をあしらった、水面に浮かぶ紅葉を思わせる柄の、友禅《ゆうぜん》の単衣《ひとえ》の紬《つむぎ》に麻《あさ》の帯を締め、すらりと伸びた襟首《えりくび》からは熟女の色気が漂ってくる。

この店で燗酒を頼むと「月《つき》の桂《かつら》　純米酒」を、取っ手が付いて筒形をした、錫《すず》製の酒器〝ちろり〟でつけて出てくるのだが、それをコップで飲るのが昔から変わらぬここのスタイルで、それが何とも心地よいのが佳司がこの店に立ち寄る理由の一つでもあった。もちろん女将の色気に魅かれているのも事実だが……。

「月の桂　純米酒」は、京都伏見《ふしみ》の「増田徳兵衛《ますだとくべえ》商店」が醸す〝清酒〟で、この蔵の最もポピュラーな「純米酒」となっている。

「純米酒」とは、原料に米、米麹、水以外のものは一切使っていない〝清酒〟の事で、「精米歩合《せいまいぶあい》」の規定はない。

「精米歩合」とは、精米後の米の、その玄米に対する重量の割合を云い、「精米歩合」が低いほどより雑味《ざつみ》の少ない〝清酒〟になる。この酒のような「純米酒」の中《うち》、それが60%以下で「純米吟醸酒」、50%以下のものは「純米大吟醸酒」と名乗ることができる。

この「月の桂　純米酒」の原料米は、酒造好適米《しゅぞうこうてきまい》のトップシェアである兵庫県原産の「山田錦《やまだにしき》」に次ぐ生産量を誇る、新潟県原産の「五百万石《ごひゃくまんごく》」。精米歩合55%、日本酒度+3、酸度1・6、アルコール度数15・5度の、やや辛の旨口に仕上がっている。

「日本酒度」、「酸度」は共に清酒の甘辛度、濃醇《のうじゅん》度を示す数値で、一般的には「日本酒度」が高いほど辛口で、「酸度」が高いほど濃醇だとされているが、必ずしも実際の舌の感覚と一致するものではなく、感じ方は人それぞれである。

また、「月の桂　純米酒」は55%まで精米しているにも拘《かか》わらず、敢えて「純米吟醸」、「特別純米」と冠していないところが、蔵元の心意気を感じさせる。


お気に入りの燗酒を空腹に流し込んだ佳司は、

（〝五臓六腑《ごぞうろっぷ》に染み渡る〟とは正にこの事やな！）

と悦に入り、〝お通し〟に出された「酸茎漬《すぐきづけ》」に箸を運んだ。

「酸茎漬」は、蕪《かぶ》の変種である「酸茎菜《すぐきな》」を原料とした京都の伝統的な漬物で、「柴漬《しばづけ》」、「千枚漬《せんまいづけ》」と共に〝京都三大漬物〟と呼ばれている。「酸茎菜」の旬は、真冬の息が白くなる頃と云われており、この時期の「酸茎漬」は、昨冬の古物《ひねもの》であるため新物に比べて酸味が強い分、日本酒の肴には〝持って来い〟である。


一息付いたところで、壁に貼られた筆書きの〝お品書《しながき》〟に目をやる。京都に来れば「京野菜」に惹かれるのは、何も佳司に限ったことではないだろう。

「何か入れまひょか？」

頃合い良く女将の声が掛った。いつもながらさらりとした仕草が板につき、佳司の男心をくすぐる。

「ほんなら、『海老芋《えびいも》』と『壬生菜《みぶな》』と、え〜っと『賀茂《かも》なす』、あっそれと『生湯葉《なまゆば》』もっ！」

京都と云えば、湯葉も外せない。

「へぇおおきにぃ、すぐにお持ちしますし〜」

「海老芋」、「壬生菜」、「賀茂なす」は、共に〝京野菜（京都伝統野菜）〟に指定されている。

「京野菜」とは、広義では京都府内で生産された全ての野菜がそう見做《みな》される場合もあるが、一般的には「京都伝統野菜」や「ブランド京野菜」に指定されているものを指し、それぞれが京都府などにより定義付けされている。

「海老芋」は里芋の品種の一つで、その湾曲した形状と表面の横縞が海老に似るのが名前の由来だ。粉質だが粘性も高くホクホクとしてコクがある、風味豊かなその味わいから、里芋の中でも高級種となっている。江戸時代から京都近辺で栽培されてきたが、現在はシェアの80％が静岡県産になっている。

一方、京都市中央区の西側の壬生《みぶ》地区で栽培されていたため命名された「壬生菜」は、京都原産とされる水菜《みずな》と同類で、水菜の葉が柊《ひいらぎ》の様にギザギザしているのに対し、葉が丸みを帯びていることから「丸葉《まるば》水菜」とも呼ばれている。水菜には無い、ピリッとする辛味を持つことから、ほとんどが漬物に加工されるが、生鮮品として出回り料理に使われるのは京都ならではと云える。水菜が日本全国で生産されているのに対し、「壬生菜」は現在でもほとんどが京都近辺で栽培されている。

「賀茂なす」は主な産地であった、京都市街地の北側、上賀茂神社で知られる上賀茂や西賀茂の地名から名付けられ、その大部分が京都府内で生産されている。大型の丸茄子で、果皮は柔らかく肉質は固く締まっており、ほんのりとした甘みがある。ほとんどが露地《ろじ》栽培のため、旬の6月～10月以外の時期は出回らない。

「お待ちどう様～、『生湯葉』からどす～」

「はぁい、ありがとう」

まずは「生湯葉」が来た。平らに重ね折られた〝引き上げ湯葉〟が一口大に切り盛られ、卸したての生山葵が添えられている。たっぷり目に張られた〝おでん出汁〟の香りと山葵の風味が堪らない。

「生湯葉」には、〝引き上げ湯葉〟と〝汲み上げ湯葉〟がある。〝引き上げ〟は「平湯葉」とも呼ばれ、豆乳が少なく歯ごたえがある風味豊かな平らな湯葉で、おでんや煮炊物に重宝する。一方〝汲み上げ〟の方は、豆乳をたっぷり含み、滑らかでクリーミーな舌触りで、刺身や酢物に最適である。2種の湯葉を料理によって使い分けることにより、一層それぞれの醍醐味が引き出される。

「女将、お酒もう一本つけて～」

佳司は空になった〝ぢろり〟を持ち上げて、顔の前で二、三度揺すって見せた。

「へえ、ただ今～」

〝おかわり〟の〝ぢろり〟と一緒に、今度は「海老芋」と「壬生菜」が同じ器に盛られて差し出された。臙脂《えんじ》色の丸皿に、真っ白な「海老芋」と、その横には鮮やかな緑色をした「壬生菜」が盛り付けられ、「海老芋」には、細く刻まれた「黄柚子《きゆず》」が天盛りにされている。

丸い器の中で、臙脂、白、黄色、緑が見事なハーモニーを奏で、ここでもたっぷりと張られた出汁が光沢を放つ。

佳司は、自らの料理にも、常々から色彩、コントラストに拘《こだわ》った盛り付けを心掛けているが、ふと立ち寄った店でこのように一皿の美しさに感銘を受けると、つくづくその重要性を痛感し精進を誓うのであった。

「お味の方はどないどすやろか？」

　カウンター越しに女将がおっとりと言葉を掛ける。ややハスキーな低めの声が容姿とアンバランスだが、かえって色香が増す。


　佳司は、お気に入りのここのおでん出汁の〝あたり〟は、恐らく白醤油を使っているだろうと感じている。ほとんど無色に近い超薄口で、その色もさることながら、味付けも極々薄味である。しかし、昆布と鰹から引いた出汁に、主張はするが邪魔はしないおでん種から出る風味が程良く溶け込んで、絶妙な旨味を醸し出しており、最低限の味付けで充分贅沢な味わいに仕上がっている。


「味は前から好みなん分かってんねんけど、ほんまに綺麗に盛り付けんなぁ、いつもながら感心するわ」

「いや、おおきに～。ほいで今日はどこぞ行って来はりましたんどすかぁ？」

「せやねん。『伊藤若冲』の展覧会観に行っとってん。ほんで美術館出て来たら急に肌寒なっとったから、熱燗恋しなって寄せてもうたんやぁ。『若冲』の絵とか字とか好きでなぁ」

「そうどすかぁ、それはよろしおす。私《うち》はあんまりそう云うんは解りまへんねんけど、『伊藤若冲』て云わはる御人《おひと》の話は、お客はんからよう聞きおすねぇ」

「京都で生まれ育って活躍しはった画家さんやからなぁ。ほんで今年生誕３００年ちゅうんで、あちこちでイベントやってんねん。それでよお耳にすんのんちゃうかなぁ？」

「なるほど、そうでおすか～。まぁ、ゆっくりしていっておいでなはれなぁ」

「それがなぁ女将、もうぼちぼち行かなあかんねん。この後なぁ、ちょっとそこの〝木屋町《きやまち》〟上がったとこの『ラグ（Ｌｉｖｅ　Ｓｐｏｔ　ＲＡＧ）』ちゅうとこでライヴあんねん。『ミスグル（Ｍｉｓｓ・Ｇｒｏｏｖｅ）』云うて、女将と同い年ぐらいの女性ばっかりでやってるバンドでなぁ、これがまたご機嫌な音鳴らしよんねんわ！」


「Ｌｉｖｅ　Ｓｐｏｔ　ＲＡＧ」は、昭和63（１９８８）年設立の㈱ラグインターナショナルミュージックが、〝京都木屋町三条《さんじょう》〟にて運営する、多ジャンルに対応するライブハウス。現在店長を務める秋葉隆《あきばたかし》氏は、佳司の古くからの友人である。

「Ｍｉｓｓ・Ｇｒｏｏｖｅ」は、伝説のガールズバンド「ＳＴＯＭＰＩＮ'ＳＡＶＯＹＳ」のメンバーだった4人が結成した、京都を中心に活躍する女性ばかりのソウルバンドである。

「せやからちょっと勘定しといてぇな。ああ、別に急がんでエエでぇ、手空いた時で……」

第九章　十一月

・生蕎麦（新蕎麦　外二八）
・サッポロ　ラガービール
・蕎麦焼酎　帰山　樽熟成（蕎麦湯割）

これも草田佳司の話。


昼間はそうでもなくても、店を開ける午後7時頃にはもうかなり肌寒くなってきた11月の初旬。

佳司の店はどちらかと云うと深夜型の居酒屋で、閉店時間が決まっている訳でもなかったが、大体朝の5時、6時までは営業していた。その分、店を開けるのは午後7時頃と少し遅めだった。

佳司が暖簾《のれん》を出そうとしていたところに山中久《やまなかひさし》が顔を覗かせた。会社のロゴの入ったジャンパー、娘のお手製である自慢のセーターと灰色のカーゴパンツと云う出で立ちだ。

小柄だが筋骨たくましく、どっしりと風格がある。それもそのはず、中学で始めたラグビーでは、大学の強豪チームでもフッカー（2番）でレギュラーを務めた。そのせいか、ギョーザのように変形した両耳はご愛嬌である。

「まいど!!　山中さん、珍しいやん平日に」

大阪市内に本社を置く電力会社の社員で、建設工事の現場監督を務めており、平日は工事現場の宿舎で寝起きすることが多く、佳司の店に顔を出すのは決まって週末だった。

担当する現場が遠方である事も稀ではなく、何カ月も大阪を離れていることも少なくなかった。

「大将、久しぶりっ。今週は本社内勤やねんけどなあ、なんやかんやで昼飯食うてへんねん。めっちゃ腹減ったわぁ」

久はどっかりとカウンターの真ん中の椅子に腰掛けて、黒板のメニューを物色し始めた。

「なんか取り敢えず腹満たすもんない？」

「丁度エエわ。さっき手打ちの〝新蕎麦《しんそば》〟届いてんけど、蕎麦《そば》喰うか？」

「蕎麦っ？　喰う喰う。せやけどさっき届いたって、いつものヤツと何か違うんかいな？」

「ちゃうねん、ちゃうねん。あんなぁ、こないだ奈良行っててんけどなぁ、そん時に行き付けの蕎麦屋寄って頼んどいたヤツが今日届いてん。いつもメニューにあんのは乾麺の蕎麦やけど、今日のは手打ちの生麺で、しかも〝新蕎麦〟やからいつものんとは比べもんにならんぐらい美味い筈やで！」

「ふう〜ん。ほなそれ頂戴な。ほんで取り敢えずビール、今日は瓶でイクわ！」

すぐさま、佳司は冷蔵庫から「サッポロ　ラガービール」を一本取り出して、〝ポンッ〟と爽快な音を立てて栓を抜き、小振りのタンブラーを添えて久に差し出した。

「この『サッポロ　ラガービール』はなあ、今ある日本のビールで最古のブランドやねんで〜」

と佳司はいつものうんちくをはじめる。

その前身である「札幌ビール」の誕生は明治10（1877）年まで遡り、ラベルの赤い星は、北海道の開拓使《かいたくし》のシンボル「北極星」を表しており、〝赤星《あかぼし》〟と呼ばれ親しまれている。

ろ過により酵母を取り除く〝生〟が主流の国内では数少ない、熱により酵母を殺菌する〝熱処理〟が施されたビールとして、根強いファンが多い。ほど良い苦みとしっかりと深みのあるコクは、佳司のお気に入りのビール銘柄の一つである。

「ところで大将、〝新蕎麦〟って何なん？」

「あぁ、初めて聞いたぁ？　簡単に言うたらな、その年に収穫された新物の蕎麦の実を挽いて作った蕎麦のことやねん」

「ほんなら蕎麦にも旬があるってことかいな？」

「まあ、〝旬〟て言葉が当てはまるかどうかは分からんけど、基本一年に二回、夏と秋に収穫期があるらしいねん。せやから夏にも〝新蕎麦〟はあるねんけど、秋物の方が香りも味もエエらしくて、一般的に〝新蕎麦〟て云うたら秋の方を指すみたいやわ。俺も夏の〝新蕎麦〟はまだ食べたこと無いから何とも言われへんねんけど、産地や質によっては、かなり美味しいのもあるらしいわ」

「蕎麦に季節があるなんて考えもせんかったわ。ほんなら大将は、毎年その〝新蕎麦〟云《ゆ》うのん食べてんのかいな?」

「せやなぁ、毎年〝新蕎麦〟の時期は結構楽しみにしてんなぁ。まあ、これ送ってもらった蕎麦屋自体は、時期に関係なく奈良行った時はたいがい寄るねんけどな。そこの蕎麦はいわゆる〝外二八《そとにはち》〟で、その配合も好きやねんなぁ」


〝外二八〟とは蕎麦の配合の用語で、一般的な〝二八蕎麦《にはち》〟は、蕎麦粉が八割に対して、小麦粉等のつなぎが二割の蕎麦だが、〝外二八蕎麦〟は、蕎麦粉が十割でつなぎが二割の蕎麦を指す。つまり、蕎麦粉の割合が前者は5分の4で、後者は6分の5と云うことになる。その味の善し悪《よあ》しは食べる人の感じ方次第であろうが、佳司は〝外二八〟の蕎麦が好みだ。


そうこうしている間に茹であがった蕎麦を、佳司は勢いよく流水に曝し、手早く、しかも丁寧に揉み洗いして手網《てあみ》で水を切る。

「蕎麦出来たで! 〝笊《ざる》〟でエエやろっ?」

「うん。飲みもんは……、やっぱり蕎麦に合うんは日本酒かなぁ」

「せやなあ、日本酒はもちろんやけど、今湯掻いたばっかりの蕎麦湯あるから、〝蕎麦焼酎の蕎麦湯割り〟なんかも乙《おつ》なもんちゃうかぁ? これがまた、結構イケるねん!」

「へえぇ、そんな飲み方あんねや？　ほな、それもらうわっ」

　佳司は、蕎麦湯を注いだグラスに同量の「蕎麦焼酎　帰山《きざん》　樽熟成《たるじゅくせい》」を注ぎ、軽くステアした。

　焼酎をお湯で割る場合、グラスには先にお湯を注ぐのが王道とされている。その根拠は、焼酎の方がお湯より比重が高いため、比重の低いお湯に比重の高い焼酎を注ぐことでグラス中に対流が起こり、焼酎とお湯がより混ざりやすくなるからである。また、焼酎に熱いお湯を注ぐと、お湯の熱でアルコールの分子が破壊され、舌を刺す様な刺々《とげとげ》しい味になってしまうからである、などとも云われる。

　つまりは、先にお湯を注いだグラスに焼酎を加える方が、味が馴染みやすく、まろやかに仕上がるのだ。


「はいお待ちっ、〝帰山の蕎麦湯割り〟！」

「この『蕎麦焼酎　帰山　樽熟成』はなあ、日本有数の蕎麦の産地、長野県の『千曲錦酒造《ちくまにしき》』云う所が造ってる蕎麦焼酎やねん」

　また佳司がうんちくを始める。

「千曲錦酒造」は、創業三百有余年のもともと日本酒の蔵元で、その特性を活かした焼酎造りは、

「黄麹」と日本酒の醸造に使われる「日本酒酵母」を用いた、日本酒に準じる仕込み法で、「減圧蒸留」によるものである。

また、「蕎麦焼酎　帰山　樽熟成」は、蕎麦と必要最小限の米のみを原料として、一般的な焼酎がアルコール度数25度なのに対し、35度と高めに仕上げられた蕎麦焼酎を、オーク樽で貯蔵、熟成させる。ほのかに褐色がかり、香ばしさとコクを感じさせる豊かな香りとまろやかな口当たりが特長である。

「はいっ、おまたせ！　〝笊蕎麦〟と蕎麦汁《つゆ》。ウチの汁は割と本式に近いから、がばっと浸けたらからいでぇ」

久は、待ってましたとばかりに忙《せわ》しなく箸で蕎麦を掬《すく》い上げ、それでも佳司の忠告は守ろうと、はやる心を抑え、摘まんだ蕎麦の下方3分の1ぐらいを慎重に汁に浸け、一気にすすりあげた。

「いや、ほんまに旨いわ、これっ。何がどうっちゅうのはよう分らんけど、これが旨いってことは分かるわ」

ほぼ半分以上瞬時に平らげて、少し落ち着いたのか、久は焼酎のグラスに手を伸ばした。

「この蕎麦は蕎麦でさることながら、〝蕎麦焼酎の蕎麦湯割り〟って云うのん初めて飲んだけど、独特のエエ匂いすんなぁ。これが蕎麦本来の香りなんかなぁ」

「せやなぁ、蕎麦自体と、この木樽で寝かした個性的な蕎麦焼酎の匂いが混じり合って、独特の香りになってんねんやろなぁ。まあ、好き嫌いはあるやろうけど、俺はすごい好きやなぁ。山中さんも気に入ってくれてんやったらよかったわ！」

と佳司が言い終えたときには、笊はすっかり空だった。

「残ってる汁に蕎麦湯足そか？」

「おぉ、頼むわ。それと焼酎おかわりっ！」

「今度はロックでイってみる？　また雰囲気変わんで」

「ふう〜ん。ほんならそれで」

と久は残った焼酎を飲み干す。


「蕎麦焼酎　帰山　樽熟成」をストレートやオン・ザ・ロックでためすと、「オーク樽」で熟成させているせいか、スコッチウイスキーの〝シングルモルト〟を彷彿《ほうふつ》とさせ、意外性を醸し出す。

因みに、酒類を貯蔵する「オーク樽」は、一般的に〝樫樽《かし》〟と和訳されているが、その材質のほとんどは楢《なら》であり、樫の酒樽はほぼ存在しない。にもかかわらず、広く〝樫樽〟と呼ばれている原因は、〝オーク〟の誤訳だと考えられる。

佳司は、蕎麦湯を沸かし直してティーポットに移し、大振りの氷を入れたロックグラスに注いだ焼酎と共に久に差し出す。と、そのとき、何かメモ書きが蕎麦に同封されているのに気づき、それに目を通した。

「この〝新蕎麦〟の蕎麦粉は山形産やて書いてあるわ」

とメモを久に渡す。

「山形かぁ……。東北の現場回ってたとき山形にも居ったけど、そお云やぁ蕎麦屋よおけあったわ」

「確か、蕎麦屋の数日本一のはずやで。総店舗数のトップは云わずと知れた長野県やけど、人口当たりの店の数は山形の方が多いて聞いたことあるわ。せやけど、山形の蕎麦はもっと黒っぽかったやろ？」

「そうやわ、大将よお知ってんなぁ。もっと色濃おかったし、ほんで太おて固かったわ」

「せやせや、よお噛まな食われへんけど、噛んでるうちに旨みが出てくるっちゅうやつなあ。俺も山形行ったとき食べたことあんねん。何か、板みたいなヤツに乗って出てきたで」

「せやった、せやった。〝板そば〟て言うてたわ。懐かしいなぁ、もう4、5年前なるかなぁ。向こうはもうそろそろ初雪降るんちゃうかぁ、寒かったもんなぁ………」

「そうそう、札幌は先週もう雪降ったてニュースで言うてたもんなぁ。それ考えたら日本っちゅう国は狭い様で広いよなぁ。こないだ沖縄旅行して来はったお客さんが、石垣島《いしがきじま》はまだ泳げたて言うてたもんなぁ。そう云えば、最近は沖縄でも蕎麦栽培してるらしいから、蕎麦粉も北海道産から沖縄産まであるっちゅうことやなぁ、北から南まで……。せやっ、山中さん。日本の南北の距離って、アメリカ本土の南北の距離より長いねんでぇ、知ってたあ？」

日本列島、北から南、実はとてもとても長い国である。

第十章　十二月

・ヱビス　樽生ビール
・鰰（ブリコ）
・しょっつる鍋（しょっつる）
・ハタハタ寿司
・比内地鶏
・とんぶり
・いぶりがっこ
・稲庭うどん

これも草田佳司の話。

ここ数年毎年のことだが、まったく〝師走《しわす》〟を感じないまま、気が付けばもう12月も中旬に差し掛かろうとしている。

佳司の店も、忘年会の予約などで多少は平月より忙しくしているが、ここのところの暖かさも手伝ってか、年末の実感はまだ無い。

それでも、月の後半は徐々に予約が詰まって来ているので、繁忙期を乗り切る為にはそろそろ気を引き締めていかないといけない。

その日の宴会客は少人数のグループで、すでにメインの鍋物も出し終え、一般客が帰った後のカウンターを片付けているところだった。そこに、明らかに高価そうなコートを面倒くさそうに抱えた、やや疲れ気味の小泉哲郎《こいずみてつお》が入って来た。

ハンガーにコートを掛け、カウンターの端の席に座る。

若いころは相当もてたであろう整った顔立ちだが、疲れが溜まっているのか目の下に濃い隈ができ皺も深く、50代半ばと云う実年齢よりやや老けて見える。アルマーニのスーツから、ボタンをはずしたシルクのワイシャツがのぞき、これで黒いサングラスでも掛けていようものなら、危ない業界の人に見えなくもない。

「ああ小泉さん、いらっしゃい。何か疲れてはんのんちゃいます？」

「せやねん、気疲れや。今日は会社の忘年会があってな、今さっき終わったとこやねんけど、ずっと社長の愚痴聞かされ通しで、もう参ったわぁ。何か二次会に流れそうやったから、電話してるふりしてふけて来てん。これで気ぃ使わんと飲み直し出来るわ」

　繊維関係の中小企業の役員をしており、気まぐれのワンマン社長に振り回され、日頃から気苦労が絶えない。定年まであと数年らしく、それまでの辛抱やっ、といつも佳司に溢《こぼ》していた。

「小泉さん、何飲みます？」

「取り敢えず、〝生〟一杯おくれ。歩いて来たら喉渇いたわ。十二月やのにぜんぜん寒ないしなぁ……、大阪はほんま暖かいなぁ」

「そお云やぁ小泉さん、生まれは秋田でしたね。向こうはもう大分冷え込んでるんでしょうねぇ」

「そらもう、雪積もってる筈やで」

哲郎は、タンブラーに注がれた「ヱビス　樽生ビール」で喉を潤しながら、内ポケットから取り出した割と大きめの手帳を眺めている。明日のスケジュールの確認でもしているのだろう。

「せやっ、丁度よろしいわ。小泉さん、ええ鰰《はたはた》入荷ってますよ。塩焼きなんかどうですか？」

「何処のんやぁ？」

「もちろん秋田産ですよぅ、せや無かったら小泉さんには勧めませんわぁ！」

「そおかぁ、ほんならもらうわぁ。こっちで売ってる鰰て、鳥取とか兵庫のんが多いやろう、同じ鰰でも何かちゃうねんなぁ、〝ブリコ〟も入ってへんし……」

「そうですね。この時期の鰰は断然秋田産に限りますわっ。何ちゅうてもあの〝ブリコ〟が魅力ですもんねぇ。山陰のヤツが卵持ってへんのは、実は生態系が違ってね……」

佳司はまたうんちくをはじめ、哲郎はまたかと思いながらも耳を傾ける。


鰰は、主に日本海側で捕獲され食用にされる小型の深海魚で、秋田県の名物として有名であり県魚にもなっている。しかし、漁獲量は兵庫県や鳥取県の方が多い。生態系は、秋田県沖を主な産卵場として青森県から新潟県辺りの沖合を回遊する系統群と、朝鮮半島東岸を産卵場として山陰から北陸辺りまでを回遊《かいゆう》する系統群がある。

前者の漁期が、メスが産卵のために浅瀬に接岸して来る11月～12月頃の極短期間のみなのに対し、後者は9月～5月頃と漁期は長く、日本近海を産卵場としない産卵期前の未成熟魚が主な漁の対象となる。そのため山陰産の鰰は、抱卵していないものが多いが、その分卵巣や精巣に養分が取られず脂の乗りが良く、漁期後半の3月～5月に最も美味しくなる。
ただ年末のこの時期の鰰に限って云えば、メスは〝ブリコ〟と呼ばれる卵を抱き、オスはやや小振りながら脂が乗ってとても美味な秋田県産に軍配が上がる。

「大きめでよお卵抱いてるヤツ焼きますねぇ」
佳司は、うんちくが終わり満足すると、大振りのメスを選《よ》って、軽く流水で洗い体表のぬめりを取る。卵を抱いている鰰に少し強めに塩をして、5分程置いてから焼台《やきだい》に乗せた。鰰には鱗が無いため、他の魚のように鱗を掻く手間が要らないのだ。

「せやけど小泉さん、鰰の卵のこと〝ブリコ〟って呼ばれる由来てほんまは何なんでしょうねぇ？僕が昔、当時の料理長に聞いたんは、江戸時代に鰰の資源を危惧した藩主が、漁獲を制限して卵の採取も禁じてた時に、漁師が鰤の卵と偽って採ったり食べたりしてたからや、って云う説なんですけどねぇ。調べたら何か色んな説があるんですねぇ……、地元ではどんな風に云《ゆ》われてるんですかぁ？」

「地元でも色々云われてるけどなぁ、俺らが子供ん時にばあちゃんに聞いたんは、口に入れて噛んだ時に〝ブリッ、ブリッ〟って音がするからやっ、ちゅう話やけどなぁ」

「ああ、その話もどっかに載ってましたわ。そうですよねぇ、その説が、何か一番信憑性《しんぴょうせい》ありますよねぇ。あとは、何でも、水戸から秋田へ国替えになった佐竹《さたけ》とか云う殿様が、故郷では正月に鰰を食べるのが習慣やったのに、秋田では手に入らん。しゃぁ無しに鰰で代用して、ほんでその鰰を偲《しの》んで鰰の卵をせめても〝鰰の子〟と呼んだ、って云う説も色んなとこに書いたあったけど、卵だけ〝鰰の子〟ちゅうのも変な話ですもんねぇ」

「まあ、そんな話も聞いた事あるけど、どれがほんまなんかなぁ、秋田出身の俺でもよお判らんわ」

苦笑いしビールを飲み干した哲郎は、少し躊躇った後に生ビールをおかわりした。

「明日も早いし、今日はビールだけにしとくわ」

佳司は、まだ〝ジュウジュー〟と音を立てている、焼き上がったばかりの鰰を哲郎に差し出し、二杯目の生ビールを注ぎ始めた。

「年末向こう帰ったらもう雪国ですよねぇ、大晦日とか正月は何食べはるんですか？　寒いしやっぱり鍋もんですか？『しょっつる鍋』とか『きりたんぽ鍋』とか有名ですもんねぇ」

哲郎は、何かを想い返す様に明後日の方を見つめて、おかわりのタンブラーに口を付ける。

「『きりたんぽ鍋』なんか、家でしたことないわ、って言うか食べたこと自体、この年になるまで1回か2回ぐらいしか無いでぇ。県外の、特に東北以外の人は、秋田県民て、みんなが『きりたんぽ鍋』をしょっちゅう食べてるように思ってるみたいやけど、大きな間違いやねん。俺らの地元では、家で『きりたんぽ鍋』なんかする家庭ほとんど無いわ」

哲郎は、鰰の腹から慣れた手つきで〝ブリコ〟を取り出し、懐かしそうに口に運んだ。

望郷の味覚を堪能し、再び話始める。

「あれは秋田でも北の方の料理やねん。男鹿《おが》とか大館《おおだて》とかの郷土料理らしくて、あっちの方では家でも普通に食べてるみたいやけど。俺らの地元、南側の由利本荘《ゆりほんじょう》云《ゆ》う所やねんけど、県の南っ側ではあんまり馴染みないねん。屋台で売ってる、味噌付けて焼いたヤツは何回か食べた事あるけどなぁ」

「そおなんですかぁ……。イメージってほんま怖いですねぇ、僕も同じように思てましたわ。ほんなら『しょっつる鍋』もそんな感じなんですか？」

「いや、『しょっつる』はなぁ、普通によう使てたわ。鍋以外でも普通に味付けに使うし、鍋する時も『しょっつる鍋』って感覚じゃ無くて、勿論冬場は鰰入れてする事多いねんけど、鱈とか他の魚でやったり、寄鍋《よせなべ》みたいに貝類も入れたり、鶏肉とか豚肉入れる時もあったわ。云うたら関西人が味付けすんのに〝ヒガシマルの薄口醤油〟使うのと同じ感じやなぁ。大将、『しょっつる』の鍋食べた事あるんかぁ？」

「しょっつる」とは、秋田県で造られている〝魚醤《ぎょしょう》〟で、元来鰰が原料であった。しかし、鰰の漁獲量の減少に伴い、現在は鰰の他に鯵、鰯、鯖等の青魚、小女子《こおなご》、糠蝦《あみ》類なども使われている。

〝魚醤〟とは、魚介類を塩漬けにして発酵させたものから出た液体成分を漉したもので、独特の臭気を放つが、アミノ酸と核酸《かくさん》を豊富に含み、濃厚なうま味を持つ液体状の調味料である。日本では、「しょっつる」の他に、鰯や鯖を原料とする石川県の「いしる」、玉筋魚《いかなご》から造る香川県の「いかなご醤油」が知られており、海外では、タイの「ナンプラー」、ベトナムの「ヌクマム」などが有名で、共に鰯類が原料である。

「しょっつる鍋」は、昆布や鰹の出汁に「しょっつる」で味付けした、秋田県の郷土料理。塩をして30分ほど置いた鰰、または他の魚介類と、秋田ではよく使われる芹《せり》などの〝鍋野菜〟、豆腐や白滝《しらたき》等を具材とする。

因みに、関西圏では煮炊きものや麺類の掛け汁《つゆ》の調味に薄口醤油をよく使うが、兵庫県たつの市にある「ヒガシマル醤油」の〝うすくち〟が、その代名詞とも云える不動のトップブランドである。

「ええ、実はねぇ、昔一回だけ秋田行った事あるんですよぉ。そん時にあの秋田随一て云われてる

〝川反《かわばた》〟で飲み歩いて、そうあのズドーンと長い繁華街でねぇ……、大概の郷土料理とか名産品は食べ尽くしましたわ」

と佳司はほかの客が注文した鰰を調理しながら話を続ける。

「『きりたんぽ』も鍋と焼いたヤツ両方食べたし、〝ブリコ〟のぎっしりつまった鰰の『しょっつる鍋』も、〝鰰の熟鮨《なれずし》〟みたいなんも食べたなぁ……。ああほんで『比内地鶏《ひないじどり》』の焼鳥も食べたし、あと『とんぶり』とか『いぶりがっこ』とか、地酒も浴びるほど飲んで〝べろっべろ〟になりながら、それでも〆にちゃんと『稲庭《いなにわ》うどん』も食いましたで。まだ若かったから、今では考えられへんぐらい、アホほど呑んでアホほど食うてましたからねぇ……。ああ、あの頃が懐かしいですわぁ」

「とんぶり」とは、ホウキギとも云うホウキグサの種子でもある果実を加工した秋田名産の食品として知られる。ホウキグサはもともと箒《ほうき》の材料として中国から輸入され栽培されていたのだが、飢饉《ききん》の食糧難の折に工夫を重ね加工され、その実が食用にされるようになった。

黒褐色《こっかっしょく》をした小さな粒々の形状とプチプチした食感が魚卵に似ることから、〝畑のキャビア〟と呼ばれている。「とんぶり」の語源については、見た目が〝ブリコ〟に似る事から、唐から伝わった〝ブリコ〟と云う意味の〝トウブリコ〟が、後に訛って「とんぶり」となったと云うのが通説だ。

「いぶりがっこ」は、大根を囲炉裏《いろり》の上に吊るして燻煙《くんえん》乾燥させて作る、沢庵漬《たくあんづけ》に似た糠漬《ぬかづけ》である。元々は、ある漬物屋が名付けた商標であり、秋田の方言で〝燻した漬物〟を意味する。近年秋田の郷土食として知れ渡るようになった。

因みに、前述の〝鰰の熟鮨〟は、秋田の郷土料理の1つ「ハタハタ寿司」のことで、下処理した鰰を塩漬けにし、麹を混ぜた飯、蕪や人参などの野菜、昆布などと一緒に漬け込み発酵させたものである。

「比内地鶏《ひないじどり》」は、天然記念物に指定されている秋田原産の「比内鶏《ひないどり》」のオスと、アメリカ原産の卵肉兼用種「ロードアイランドレッド」のメスを掛け合わせた一代交配種で、「薩摩地鶏《さつまじどり》」、「名古屋コーチン」と共に〝日本三大地鶏〟に数えられている。

また、「稲庭うどん」は、現在の秋田県湯沢《ゆざわ》市稲庭町が発祥の乾麺で、〝ひやむぎ〟よりやや太めで、薄く黄色がかって平べったい形状をしている。滑らかな食感と強いコシが特長で、これまた〝日本三大うどん〟の一つである。

「大将、〝川反〟で飲んだことあるんかいな！　俺も秋田帰ったら、必ず一回は〝川反〟出るわぁ。せやけどあんたもあっちこっち行っとんなぁ～」

「昔、暇できたらしょっちゅう一人旅してましたから……」

「ほんまに一人かいなあ?」

「それは言《ゆ》われへんなぁ」

佳司は含み笑いを浮かべた。

第十一章　一月

・黒松貴仙寿　純米酒
・数の子
・お雑煮（吹田慈姑）

第十一章　一月

これも草田佳司の話。

正月休みも昨日で終わり、今日は1月6日、今年の初出の日である。昨日も掃除や仕込みやらで店には出て来ていたのだが、本年の営業は今日がスタート。

すっかり日も暮れた午後7時前、佳司は今年最初の縄暖簾《なわのれん》を玄関に掲げた。

(今年一発目のお客さん、誰やろか?)

初日に顔を出してくれそうな面々を思い巡らしながら、掛りかけの仕込みの続きをしていると、〝ガラガラッ〟っと勢いよくドアが開く。

「大将、明けましておめでとうございま〜す、今年もよろしくお願いします!」

今年の一番客は瀧沢麻佑だった。

いつものピンクのロングコートを着ていて、正月で気分を変えたのか、短めの髪に少しウエーブが掛かっている。

「ああ麻佑ちゃん、今年もどうぞよろしく！　麻佑ちゃんが今年〝お初〟の客やわ。早々のご来店、ありがとうございま〜す」

麻佑はベージュのマフラーを外してコートを脱ぎ、後ろのハンガーに掛け終えると、ゆっくりカウンターに腰掛けた。仕事帰りか地味なスーツ姿だ。

「〝振る舞い酒〟用意してんねんけど、麻佑ちゃんて、最初っから日本酒でもイケる人やったっけ？」

「はいっ、大丈夫です。ありがとうございます」

佳司は、大きめの〝ぐい飲み〟を麻佑の前へ差し出し、「黒松貴仙寿《くろまつきせんじゅ》　純米酒」をなみなみと注いだ。

〝振る舞い酒〟なのに枡《ます》を使わないのは、佳司自身があまり〝枡酒〟を好まないからである。

「この『黒松貴仙寿　純米酒』はな、奈良県にある蔵元、『奈良豊澤酒造《とよさわ》』云《ゆ》う所が造ってんねんで〜」

佳司お得意のうんちくが始まる。

「奈良豊澤酒造」は、他に先駆けて昭和50年代に純米酒の開発に取り組み、製造販売されたのがこの「黒松貴仙寿　純米酒」であり、蔵の礎《いしずえ》になった酒とされている。原料米は、「麹米《こうじまい》」が精米歩合60％の、兵庫県産で酒造好適米トップシェアの「山田錦」で、「掛米《かけまい》」は精米歩合75％の国産一般米。

日本酒度＋2、酸度1・7の〝芳醇《ほうじゅん》やや辛〟タイプで、〝淡麗《たんれい》辛口〟に飽きた飲み手に心地よい味に仕上がっている。

日本酒を造るには、「麹米」「酒母米《しゅぼまい》」「掛米」と、工程によって3種類の米が使用される。「麹米」は、精米して蒸し米にした米に麹菌を振り掛けて繁殖させたもので、でんぷんを糖化させるための「米麹」の元になる米。「米麹」によって生成された糖を発酵させてアルコールに変えるための酵母を培養させるのに使用されるのが「酒母米」。「米麹」に「酒母米」を加えてできた「酒母（酛《もと》）」に、数回に分けて投入されるのが「掛米」である。

「掛米」は、蒸米《むしごめ》にした後放冷《ほうれい》され、麹菌は加えずにそのまま投入される。

日本酒造りに使用される米の割合は、用途ごとにそれぞれ、「麹米」が約2割、「酒母米」が約1割、「掛米」が約7割である。

また、日本酒の味の表現は非常に難しく、飲み手の感じ方は千差万別と云っても過言ではない。しかし、数値によって一定の基準は示すことができる。甘口、辛口の目安を「日本酒度」で表すと、＋7～は大辛《おおから》、＋4～7は辛、＋2～4はやや辛、－1～＋2は普通、－1～－3はやや甘、－3～－6は甘、－6～は大甘《おおあま》、となる。また、「日本酒度」が同じ酒を「酸度」で比べると、高いほど芳醇、低いほど淡麗と云うことになる。

あくまで目安に過ぎないのだが……。

「はいっ、麻佑ちゃん改めて、明けましておめでとう、本年もどうぞよろしく〜」

「ありがとうございます。いただきま〜す」


「大将、明けましておめでとうさん」

今度は、小泉哲郎が入って来た。

〝初出《はつで》〟の挨拶《あいさつ》回りをしてきたのか、正装に近い服装で、相変わらずこわもてのする出で立ちである。

「ああ小泉さん、おめでとうございます、今年もよろしくお願いします。田舎はどうでした、のんびりしてきはりましたぁ？」

「そうやなぁ、ゆっくりしてきたわ。今年は家内も娘も大阪に用事あったから、俺一人で帰っててん。せやから気楽なもんやったわ、おふくろも元気やったしなぁ」

哲郎の実家は秋田県である。

「そらよかったですねぇ。おいしいもん一杯食べて来はったんでしょうねぇ」

佳司は、哲郎にも酒を振る舞い、正月の名残《なごり》に「数の子」を小鉢に盛り付けて、麻佑と哲郎の〝突き出し〟にした。

「わぁ、私『数の子』大好きなんですよぅ。まぁ、家でも散々食べましたけど。あっ、ウチのんと一緒にしたらあきませんねぇ、怒られますわっ」

と麻佑はえくぼをつくって笑う。

「いやいやっ」

佳司も微笑む。


新年初営業日の〝突き出し〟には、昆布と合わせ節で引いた出汁を薄口醤油と味醂で調味した汁《つゆ》に、程良く塩抜きした「数の子」をさっと潜らせて、〝糸花鰹《いとばな》〟を天盛りにしたものを用意した。

「数の子」は、鰊《にしん》の真子《まこ》（魚卵）であり、それを天日干《てんぴぼ》ししたものや、塩蔵品《えんぞうひん》が一般に食用として流通している。明治から昭和初期までは、国内でも北海道を中心に鰊漁がさかんに行われていたが、昭和30（1955）年ごろを境に漁獲高が激減し、以後国内に流通する「数の子」のほとんどは輸入品である。

因みに、「数の子」の語源は、近世まで卵の親である鰊が別名〝カド〟とか〝カドイワシ〟とか呼ばれていたことから、〝カドの子〟が訛って「数の子」となったと云う説が有力とされている。

「ところで麻佑ちゃん家《ち》は、どんな『お雑煮《ぞうに》』食べんの？」

「ウチは〝澄《す》まし〟ですねぇ。焼いた丸餅《まるもち》の他に鰤の切り身や蒲鉾《かまぼこ》、大根、人参、ほんで水菜にお揚《あげ》さん、そんなもんですかねぇ……、あっ、肝心なもん忘れてますわっ。慈姑《くわい》ですっ！　ウチの『お雑煮』には絶対『吹田《すいた》慈姑』が入ってるんですよ、祖母の拘《こだわ》りでねぇ。慈姑は必ず『吹田慈姑』じゃないとアカンて言うて、他の産地のヤツは使いませんねん」

「そうか、そお云えば麻佑ちゃん家は吹田やもんなぁ。せやけどなかなか売ってへんのんちゃうのん？　この辺では『吹田慈姑』なんか見かけたこと無いで」


「吹田慈姑」とは、大阪府北部の吹田市原産の日本固有種の慈姑であり、他種の中国原産の物よりも小粒でえぐみが少なくほっこり甘いのが特徴である。

一時は絶滅寸前にまで陥ったが、「吹田くわい保存会」等の尽力により、現在は少量ながらも生産され地元を中心に普及しており、平成17（2005）年に「なにわ伝統野菜」にも認証されている。

「そうですね、吹田でもスーパーとかではあんまり見かけませんけど、毎年祖母が地元の農園に直接買いに行くんですよっ」

「その『吹田慈姑』ちゅうのは、普通の慈姑よりそんなに美味いんかいな？」

　タイミングを窺《うかが》っていた哲郎が、ここぞとばかりに口を挿んだ。

「美味しいとは思うんですけど、他のん食べた記憶が無いんで、どない違うかは正直分からないんですよぅ」

「他のんより小っちゃ目で、灰汁があんまり無くて甘みがある感じですわ」

　佳司が助け船を出した。

「ウチも慈姑は入れるけど、青っぽい、よお見かけるヤツやわ。でも、他はウチの『お雑煮』とよう似てるかも。ウチも〝澄まし〟で焼丸餅やし、具も大体一緒やわ。鰤は入れへんけど、代わりに鶏肉入ってるわ。小泉さん所はどんなんですかぁ？」

　よくぞ訊《き》いてくれましたとばかりに、哲郎がほくそ笑んだ。

「秋田ではなぁ、おっちゃんの故郷秋田やねんけど。まあ秋田県民全部かどうかは知らんけど、正月に『お雑煮』なんか食べへんねん」

「えぇ～！」

　佳司と麻佑は、口を揃えたあと顔を見合わせて微笑った。

「俺らの地域ではなぁ、元旦には『とろろ汁』とか『納豆汁』やねん。お餅の入った、いわゆる『お雑煮』を食べる習慣はないねん。もちろん、大阪で正月迎える年は食べるけどな」

哲郎は、大阪に出てきてはじめて「お雑煮」の味を知ったのだった。

「やっぱり、地域によって風習もいろいろですねぇ。四国には『お雑煮』は『お雑煮』でも、お餅は入って無い地域もあるみたいやし……、何時《いつ》やったかなぁ、どっかで餡子《あんこ》入りの餅が入った『お雑煮』出てきた事あったなぁ………、せやっ、〝高松〟や！」

餡子餅の入った「お雑煮」を思い出したのが引き金となり、佳司の脳裏ではその旅の〝高松〟での一連の光景が、連写式のダイジェスト映像のように再生を始める。

「大将、また旅の思い出にでも浸っとんのんかいなぁ？」

哲郎はからかう口調だ。

「いやねぇ、高松ではエライ目に合いましてねぇ……」

「えぇぇ、聞かしてくださいよその話、大将～」

それはまだ佳司が20代の頃である。大晦日《おおみそか》までの勤務を終え、元旦から三が日が休暇だった佳司は、四国にでも出掛けようかと、取り敢えず大阪南港《なんこう》のフェリー乗り場へと向かった。すると、丁度乗船待ちの〝高松《たかまつ》〟行きの高速船が停泊していたので、その場で行先を〝高松〟に決めたのだった。

また遠くを見る目つきになる。

大阪南港は、大阪市の住之江《すみのえ》区に位置する、大阪港の南西部に当たる南側の港を指す。因みに車で20分ほどの北側には北港もあり、此花《このはな》区に位置する。

「あの頃はそんな〝行き当たりばったり〟なことばっかりしててんなぁ。ほんで、元旦の夕方〝高松〟入って、そのまま『ワシントンホテル』にチェックインしてん。当時〝ワシントン〟の会員みたいなん入っとったから。ほんでホテルの人に〝飲み歩き〟できそうな場所訊いたら、元旦やから開いてる店は少ないと思うけど……、て言われてん。結構な距離あった筈やけど、とぼとぼ歩いてその聞いた場所向かってん」

「こんなん言《ゆ》うたらアレやけど、〝高松〟なんかに正月から営業してる店あったんかいな」

「まあ、休んでる店も多かったんですけど、思ったよりはちょこちょこ開いてましてねぇ。ほんで旨そうな店梯子《はしご》して、ハズレもあったけど、それはそれで旅の醍醐味で……。ほんでさんざん飲み歩いて、〝お姉ちゃん〟のおる店でも調子乗って酔っ払って、財布空になるまで遊んで、知らん間にホテル帰って寝てましたわぁ」

「〝財布空っぽ〟て、ようやりますねぇ。帰りのフェリー代とかどうしたんですかぁ？」

「それがこの物語が急展開するとこやねん！」

「大将、勿体振《もったいぶ》らんと早よ話さんかいな」

「ああ、すいません。いや、何ぼ酩酊《めいてい》してたとは云え、お金全部使ってしもたんは確信犯でしてん。と言うのは、そん時持って行ってた鞄の、外側にあったチャック付きのポケットに、家出る前に三万円忍ばしといたんですわ。三万円あったら、仮にもう一泊しても、最低限は足るなと思て除《よ》けといたんですわ。そお、除けてた筈なんですけどね………」

麻佑と哲郎は興味津津《きょうみしんしん》で聴き入っている。

「ホテルで朝目覚めて、朝食の予約してたから朝飯でも食いながら次どこ行くか考えよ思て、ホテルのレストラン行ったんですわ。朝食はバイキングやったんですけど、正月やったから『お雑煮』が付いてましてん」

「その『お雑煮』に餡子入りのお餅が入ってたんですかぁ」

「せやねん。びっくりしたし、ちょっと〝ゲッ〟と思てんけど、〝郷に入れば郷に従え〟で食べてみてん。ほんならこれがまた、以外に違和感無いねんな、不思議に。白味噌仕立てやったから相性よかったんかなぁ。まあ正直、好んで食べたいとは思わんけど、今後また香川で正月迎える機会があったら、そん時は喜んで頂くと思うわ」

「ほんでお金の話はどないなってんな」

「いやほんでね、ゆっくり朝ごはん食べながら観光案内のパンフレット眺めて、せっかく香川来てんから〝金比羅《こんぴら》さん〟でも行こう思いましてん。ほんで、部屋戻ってチェックアウトの用意済まして、鞄持って出よ思たら、例のポケットのチャックが開いてましてん。せやけど、そん時は何も思わんと、しれっとチャック閉めて、エレベーター乗ってから、あれっ！　と思て……。後はお二人の想像通りですわ」

「パクられてたんかいな？」

哲郎は、おかしそうにニヤニヤ笑っている。

「ホテルでは考えられへんから、行きのフェリーでしょうねぇ」

と佳司は続ける。

「ほんでチェックアウトは出来たんですか？」

麻佑が言葉を継ぐ。

「幸い追加料金は無かったから、取り敢えずチェックアウトして、ほんでもう今更どうしょうもないから、お金下ろさなしゃぁないな思て、ホテルの敷地内にあったＡＴＭ行ってん。ほんなら、ここでまた事件やがなっ」

「まだ何かあるんかいな？」

「いやこの話まだまだ続きますねん。もうやめときましょかぁ？」

「いやいや、やめたらアカンがなっ。やめたらアカンけど、先お酒おかわり頂戴な、同じヤツ」

「あっ、わたしも同じのください」

佳司は、二人におかわりの酒を注ぎ、話を続ける。

「それでねっ、ATMルームの扉開けよう思て手前に引っ張ったら〝ガタッ〟言うて動きませんねん。あれっ、思てもう1回引っ張っても、また〝ガタッ〟って言いますねん。そうですわ、ATM休止してますねん、三が日！」

「せやわ、昔は正月にお金下ろされへんかったわ。ほんならどないしたんなぁ？」

横で麻佑も固唾《かたず》を呑んで聞き入っている。

「ほんでどうした思いますぅ？　所持金7、8百円ですわっ。僕ねぇ、あろう事かその金握ってパチンコ屋行ったんですわ！　一か八かや思て」

「ひゃっはっはっは〜、このオッサンとことんアホやわっ、勝てる訳あらへんがなぁ」

「いやそれがねぇ〜」

「出たんかいなぁ？」

「物の5分でスッカラカンですわ！」

「えぇぇ〜、いよいよどうなったんですか〜」

「さあて、とうとう残金60円。どないしょう思た時、ふとツレが『香川大学』行っとったこと思い出して、〝高松〟に知り合いおらへんかな思て、大阪のそのツレの家電話してみてん。そん時はまだ携帯無かったから、テレホンカードは常に持ち歩いとってん。だから電話は掛けれてん」

一息つく。

「ほんなら、ツレは居《お》ってんけど、卒業して何年も経つから〝高松〟に連絡取れる知り合いはおらへんて言《ゆ》うねん。ほんで、事情聞かれたから事の経緯を詳しく説明したら、電話の向こうで思いっ切り嘲笑《あざわろ》っとんねん。頭に来て、もおエエわっ、て言《ゆ》うたら、まあ待てと。フェリー到着場所の南港で金持って待ってたるから、着払いの交渉して帰って来い、って言《ゆ》うねん。なるほど、その手があったかと思て、すぐさまフェリー乗り場に向かってん」

「ええツレがおって助かったなぁ、大将」

「ところが……、ですわぁ」

「まだ何か起こるんですかぁ？」

「話創っとんのんとちゃうやろなぁ」

「違います、違います、実話ですよ、実話っ。ノンフィクションですわぁ！」

「ほんなら黙って聞くわぁ」

「とにかく乗船券売り場行って、〝かくかくしかじか〟て事情説明しましてん。ほんなら〝偉いさん〟が出て来て、事務所で話聴いてくれたんですけど、結局、決まりやからそれは出来ひん、ってことですねん。近くに派出所あるからそこへ行け、て言われましてん。しゃぁないから、その派出所行って警官に又一から説明しましてん。そしたらその警官がよっしゃ分かった、ワシが話付けちゃるっ、て言《ゆ》うてくれて、二人で又フェリー乗り場戻りましてん」

「えらい男気のある〝お巡り〟やってんなぁ」

「そうなんですよぅ、これで何とかなるかもって思たんですけどねぇ。結果は敢《あ》え無く撃沈ですわっ。乗り場の所長云《ゆ》うのんが頑として首縦に振りませんねん」

「なんかムカつきますねぇ、困ってんねんからちょっとぐらい融通利いてくれてもいいですやんねぇ」

「せやろう、決まりですからっ、の一点張りやねん」

「ほんで結局どないしてんなぁ、大将～。ええ加減焦らさんと結末教えて～やぁ」

まだ続くんかと、哲郎はいよいよ呆れ顔である。

「ああ、そうですねぇ。すいません、エライ長なってもうて」

佳司は苦笑いで頭を下げる。

「それからねぇ、交渉決裂してばつ悪そうなその親切なお巡りさんが、警察署まで連れて行ってくれて、何か書類書かされましてん。何やろこれ、って思てたら、警察は貧乏やから必ず後で返してなっ、て言《ゆ》うて、なんと五千円貸してくれはりましてん！　警察でお金借りるやなんて夢にも思いませんでしたわっ！」

「わぁ～！」

麻佑が思わず手を叩く。

長い長い、高松の「お雑煮」の思い出であった。

第十二章　二月

・長浜ラーメン
・胡麻祥酎　紅乙女
・ごまさば
・素魚の踊り食い
・おきゅうと
・あぶってかも
・がめ煮（筑前煮）
・お好み焼（広島焼、大阪焼）

東風吹かば　匂ひおこせよ　梅の花
あるじなしとて　春な忘れそ

菅原道真

これも草田佳司の話。

八月生まれなのも手伝ってか、真夏の〝かんかん照り〟をこよなく愛する佳司には、ここのところの厳寒が辛くがまんできない。

(今度の休みの日は梅でも観に行こかな)

ぼちぼち〝八分咲き〟ほどになろうかと云う梅の花でも愛でれば、待ち侘びる春の気配を少しは迎えに行けるかもしれない、とそんなことを考えている。

今夜も、時計の針は十時を回ろうとしているが、いまだ客の姿は見えない。

(ふぁ〜〜〜、ふぅ。閑やなぁ、寒すぎるんかなぁ)

無防備の大欠伸《あくび》を諌《いさ》めるように勢いよく玄関のドアが開いた。

「大将〜、店先で欠伸なんかしとったらあきませんでぇ」

浜隆太郎《はまりゅうたろう》が紙袋を提げて入って来て、小さな目に団子鼻、その上たらこ唇の、決して美男子とは云えない顔に満面の笑みを浮かべる。

佳司より少し年下の四十代半ばで、歳のせいかはたまたビールの飲み過ぎか、スイカのように腹が膨れ肥満気味だ。髪も頭頂から薄くなり、本人はたいそう気にしている。休みだったのか、Ｖシネマなんかに出てくる安物のチンピラさながらのジャージ姿に派手な黄色のダウンを羽織る、決して趣味がいいとは云えない服装だ。

「はいっ、おみやげ。〝博多《はかた》〟帰ってましてん。正月の代休、若いのに先取らしてたら、エライ遅い正月休みになってまいましたわ。まあ、あちこち空いててその方がエエんですけどねぇ。大将『長浜《ながはま》ラーメン』好きや言《ゆ》うてはったでしょう。明太子よりエエ思て買ってきました」

浜隆太郎は、年中無休をモットーにしている大手スーパーに勤める中間管理職だ。そのため、年末年始は連勤で休めず二月に入ってようやく代休を取り、故郷の〝博多〟に帰省していた。

「おう、ありがと、ありがと。嬉しいわ。俺の中では、〝博多〟のラーメン云《ゆ》うたらこの『長浜ラーメン』やねん。厳密に云うたら『長浜ラーメン』は『博多ラーメン』とちゃうらしいけど……。最近、大阪にも〝博多〟から『一風堂《いっぷうどう》』とか『一蘭《いちらん》』を代表に有名チェーンいっぱい進出してきてるし、それぞれそれなりに旨いと思うねんけど、俺はやっぱりこれが一番やわ」

「そうですねぇ、地元でも今や多種多様ですよ。最近は背油《せあぶら》系も含めて濃厚タイプも進出して来たり、麺はやや太めなんも出てきたり……。でも、僕ら〝博多っ子〟にとって〝ラーメン〟て云《ゆ》うたら、昔から慣れ親しんだやや軽めの豚骨スープに極細ストレート麺の正統派ですわ。『長浜ラーメン』を

〝ナマ〟で、みたいな！」

背脂とは、豚ロースの背中側の脂身のことで、それを煮溶かし仕上げにかけるラーメンを背脂系と呼び、本来の「長浜ラーメン」や「博多ラーメン」とは全くの異種である。よって、それを含めた濃厚タイプや太い麺は、福岡では受け入れられても、〝博多んもん（博多の人）〟は認めない。

「おう、そうそう〝ナマ〟でなっ。〝長浜〟では〝バリカタ〟言うたら嫌な顔されんねんなっ」
「やっぱり大将よお知ってますねぇ。ジモピーみたいやわ」
「ジモピーてもう死語やで！　せやけど福岡にはよう行ったからなぁ、喰いもん旨いし……」

「長浜ラーメン」は、福岡市の長浜地区で生まれ、現在の博多ラーメンの礎となったラーメンである。

昭和27（1952）年に開業した「元祖長浜屋」が発祥とされており、その発展には鮮魚市場関係者の支持が背景にある。競《せ》りの合間の短時間に食べられる様、極細ストレート麺にして茹で時間を短縮し、極細麺は伸びやすいので麺の量を少なめにして、お替わりができる「替え玉」を考案した。スープは豚骨ベースにもかかわらず、見た目より軽めであっさりしている。

麺の茹で加減は、硬い方から〝ナマ〟、〝カタ〟、〝フツウ〟、〝ヤワ〟の四種類が基本で、油や葱の量も選べる。

また、胡麻と紅生姜が客席に備え付けられているのも特徴の一つである。

「博多ラーメン」の麺の硬さは、〝湯気通し〟、〝粉落とし〟、〝針金〟、〝バリカタ〟、〝カタ〟、〝フツウ〟、〝ヤワ〟、〝バリヤワ〟と細かく分けられており、「長浜ラーメン」の〝ナマ〟は〝バリカタ〟に当たる。

因みに、「ジモピー」は地元の人を指す。

ダウンをハンガーに掛け、貸切状態のカウンターのど真ん中に陣取った隆太郎は、焼酎のロックを佳司のチョイスで所望した。

「せっかくやから、浜ちゃんの故郷福岡の酒、『胡麻祥酎《ごましょうちゅう》 紅乙女《べにおとめ》』にしようか？」

「そらうれしいなあ」

隆太郎の口元がほころびる。

ロックをカウンターに置くと佳司はうんちくを始める。

「この『紅乙女』って云う焼酎はなぁ～」

福岡で生まれ育った隆太郎には今更の知識であったが、佳司がうんちくを語る様子が好きで微笑みながら聞いている。

「胡麻祥酎　紅乙女」は、福岡県久留米《くるめ》市で昭和53（1978）年に創業された「紅乙女酒造」が造る、全国でも珍しい胡麻を使った焼酎で、その製法は世界初とされ、特許を取得している。

また、焼酎を〝祥酎〟と表記するのは、「紅乙女」の名の由来でもある女性創業者の言葉に起因する。「ヤケ酒のようにつらいことを忘れるためではなく、嬉しい時やおめでたい時の幸せを運ぶお酒でありたい」との願いから、〝おめでたいしるし〟と云う意味を持つ〈祥〉の字が当てられたと云うことだ。

「胡麻祥酎　紅乙女」は、「紅乙女酒造」を代表するベストセラーの銘柄。麦と米麹（白麹）に胡麻を20％以上加えて発酵、醸造し、「減圧蒸留」により取り出した原酒を三年以上寝かせた長期貯蔵酒である。

佳司は福岡の〝ごちそう〟に思いを巡らせた。

（向こうで美味しいもん一杯食べてきたんやろなぁ）

「ほんま、福岡は喰いもん旨いもんなぁ。〝博多〟で飲み歩いてはじめて知った料理もよおけあるわっ。『ごまさば』に『素魚《しろうお》の踊り食い』、ちょっと苦手やった『おきゅうと』、何ちゅうても極め付けは『あぶってかも』やなぁ。名前も見た目も強烈やったけど、喰ってみたらめちゃくちゃ旨くてびっくりしたもんなぁ……」

と佳司はそれらの料理がそこにあるかのような表情になる。

「ごまさば」とは、刺身状に切った真鯖《まさば》を、当たり胡麻を混ぜた醤油ベースのタレで和え、卸し生姜や刻み葱をそえたもの。

「素魚の踊り食い」は、ハゼ科の小魚「素魚」を生きたまま酢醤油などで食す料理。地元では〝じろうお〟を「白魚」と表記されることが多く、たびたび本来のシラウオ科の「白魚」と混同されるが、全くの別種である。

「おきゅうと」とは、「ところてん」に似た、海藻を固めて造る加工食品である。

すべて福岡ではよく知られる料理だ。

「ああ、『あぶってかも』ねぇ……。子供の時はあんまり好きやなかったから、あれおかずに出たら嫌でしたけどねぇ、大人になってから旨いと思う様になりましたわ。焼酎によう合いますもんねぇ」

「あぶってかも」は、福岡市の、特に〝博多〟界隈《かいわい》の郷土料理で、鱗を落とさず流水で洗っただけのスズメダイを、そのままややきつ目の塩をして軽く干し、黒く焦げるまで焼いたものである。頭も内臓も骨も取らずに丸ごと食する豪快な料理で、その風変わりな名前の由来は諸説あり、〝炙って食べたら鴨の味がする〟からとか、〝炙ってから噛む〟からであるとか云われている。

「あとあれも美味かったなぁ、『がめ煮』。薄味好みの俺にはちょっと味付けが濃いかったけど、焼酎の肴には最高やったなぁ」

「がめ煮」も福岡県を代表する郷土料理であり、もともとはカメやスッポンを材料にしていたのがその名の由来だと云われている。現在は鶏肉を使うのが一般的で、最初に鶏肉を牛蒡《ごぼう》や蓮根、人参、里芋等の根菜類や戻した干し椎茸、蒟蒻《こんにゃく》などと一緒に炒める。それから、だし汁と干し椎茸の戻し汁を加え、酒、砂糖、醤油、味醂で甘辛く味付けし、汁気を飛ばすまで煮て仕上げる。九州地方以外でも、「筑前煮」の名で広く親しまれている料理だ。

「『がめ煮』やったら大将、ウチのおふくろのんは日本一ですよ！　料理人の大将には悪いけど、あれ喰うたらもう他所《よそ》では喰えんようになりますよぅ。嫁はんがたまに作る『筑前煮《ちくぜんに》』なんか足元にも及びませんわっ、まぁ本人にはよお言わんけど……」

隆太郎は笑う。

「せやけど、なんでこっちでは『がめ煮』のこと『筑前煮』て云《ゆ》うんですやろなぁ？」

とポツリと付け加える。

「せやなぁ、なんでやろなぁ……。せやけど、そう云うのん結構あるで。『おでん』の事『関東炊き』て云う地域があったり、こっちで『薩摩揚げ』、『さつまいも』て云うけど、鹿児島では『つけ揚げ』に『からいも』やし、たぶんその土地の名産品のことを、他の地域の人がそこの地名を付けて呼ぶようになったんちゃうかなぁ。『広島焼』（現地では「お好み焼」）とか『明石焼』（現地では「玉子焼」）もそおやし……。そう云やぁ、広島の〝新天地《しんてんち》〟に『大阪焼』って云う屋台出とったもんなぁ」

「なんですかっ、その『大阪焼』って云うのん、もしかして『お好み焼』のことですかぁ？」

「それがなぁ……」

広島で有数の繁華街、〝新天地〟で覚えた違和感が脳裏に蘇り、佳司は苦笑いを浮かべる。

「独立する前の話やねんけどな、出張で広島行っててんやん。ほんで、仕事終わって〝新天地〟辺りをぶらぶら歩いとったら、『大阪焼』て書いてある幟《のぼり》立てた屋台が出ててん。（『大阪焼』ていったい何やろう）と思て覗いてみたら、『回転焼《かいてんやき》』にキャベツと紅生姜入れたみたいな、けったいな喰いもんが鉄板で焼かれとってなあ……」

「回転焼」とは、小麦粉と玉子を主体とした生地に餡を入れて、円形に窪んだ金型で焼き上げた和菓子のこと。関西では「回転焼」と呼ばれているが、「今川焼」や「大判焼」が一般的な名称。

一息入れ続ける。

「ほんでな、焼いてた的屋《てきや》の兄ちゃんに思わず〝ツッコん〟でんやん、こんなもん大阪にはあらへんで〜、て。ほんならその兄ちゃんがな、ニヤッと笑《わろ》て言い返しよんねん。大阪で売っちょる『広島焼』言うてで、そんなもん広島にゃ〜ありゃ〜せんのじゃけぇ、言うて……。思わず笑てもうたわ。『仁義なき戦い』の菅原文太《すがわらぶんた》やないんやから！」

「ははぁ、笑えますねえ。また、大将の言い方がまるで『仁義なき戦い』ですやん。ほんなら僕は福岡やから『夜桜銀次《よざくらぎんじ》』で対抗や！　せやけど、確かに広島では『広島焼』なんて云わんと、普通に『お好み焼』ですもんねぇ。そんなん言うてたら、何か『広島焼』喰いたなって来たなぁ。大将、『広島焼』一丁！」

「よっしゃ、よっしゃ、『広島焼』な。そうそう、もやしとそば乗せてっと……、って、あるか〜い！」

佳司にしては珍しく〝乗りツッコみ〟で応えた。

「お好み焼」に関しては、大阪を中心としたいわゆる〝関西風〟と、広島で独自に発展した〝広島風〟と、どちらが本流かを掛けてしばしば対立する。特に、双方の地元民や出身者は、自分たちのスタイルこそ〝真の〟「お好み焼」であると一歩も譲らない。しかし、それぞれ明らかに違う料理として存在する限り、どちらが主流かを議論すること自体ナンセンスに思える。因みに、「お好み焼」のルーツは、大阪でも広島でもなく、東京の花街で風俗文化の内に誕生した、と云うのが通説とされている。

　お約束にボケをかました後、隆太郎は焼酎の〝おかわり〟を頼んだ。そして、二杯目の「紅乙女」のロックをチビチビと飲《や》りながら、福岡での話を続ける。

「そお云やぁ大将、今回娘が受験やから〝天神さん〟お参りしてきたんですけど、もう八分通り梅咲いてましたで。梅なんかあんまり意識して観ること無いけど、たまにはよろしいなぁ」

「そうかぁ、浜ちゃんの娘さん高校受験やったなぁ。どうなん、受かりそうなん?」

「いやぁ、〝本命〟は五分五分らしいですわぁ。なんせ、〝飛梅《とびうめ》〟の話も知りませんでしたからねぇ……。まあ、〝滑り止め〟の方は先生に太鼓判押してもうてるらしいから、取り敢えず私立さえ受かってくれたら何とか行く所は確保できますわ」

　「飛梅」とは太宰府天満宮《だざいふてんまんぐう》の御神木《ごしんぼく》で、左遷された菅原道真《すがわらみちざね》を慕い京から太宰府まで一夜で飛んだ伝説がある。「東風吹かば」の歌は左遷されるときに、飛梅に語りかけるように読んだとされる。

「そうかぁ、もう少しの間落ち着かんなぁ。せやけど、初めて〝飛梅〟見た時は、何か期待外れやったなぁ、そんなことあらへんかった？」

「いやぁ、僕ら物心ついた時から何回も見てるからそんなん思たこと無いですけどねぇ」

「ああそうか。地元の人はそうなんやろうなぁ。俺なぁ、菅原道真が左遷された時に詠んだ云うあの歌、初めて知った時すごい感銘受けてなぁ。それからずっと〝飛梅〟見てみたいなと思てて……、いざ〝太宰府天満宮〟行ってみたら、（なんや、しょぼっ）て思てもうてん！　勝手に期待が膨らんどったんやろなぁ、何かもっと立派なもん想像しとったわぁ。さだまさしの唄にも出てくるから、それの影響もあったんやろなぁ」

「そのさだまさしの唄は知りませんわ。せやけど、大将はたまに全然イメージとちゃう教養のあること言いはるから、笑てまうわっ」

「やかましいわっ、感受性が高いんじゃっ！」

　と佳司は声を出して笑った。

あとがき

あとがき

二十歳《はたち》の時に、ほんの軽い気持ちの学生アルバイトで飲食業界に足を踏み入れ、現在53歳に至るまでずっとこの世界に関係している。

実はそれまで、飲み食いには全く頓着しない人間であったのだが、このバイトがきっかけとなり、その後の30有余年、酒と料理のことばかり考えて生きてきた。

まあ、〝虎〟にも少なからずなり、傍《はた》から見れば、ただの〝食い意地の張った酔っ払い〟に過ぎないのかもしれないが……。

そんな中、40歳を過ぎた頃からか、食と酒に関する自らの見識を何らかの形で表していきたいと思うようになり、これから人生の後半戦に向かう使命のようにも感じている。

インターネットやSNS（Social Networking Service）の普及により、〝情報過多の時代〟と云われて久しい現代社会に於いて、飲食の世界も例外ではない。酒や食に関するトピックスにも、様々なフェイクニュースやプロパガンダが混在し、意図的に誤解を招くような、確信犯的な表現も目に付く昨今である。

それが故《ゆえ》、現時点で私が確信の持てる、確実な情報を提供させていただくことに努めた。縁あってこの本を手に取っていただいた読者の皆様の、酒や料理、食材に対する好奇心を僅かなりともくすぐるお手伝いができれば本望である。

各章で取り上げているエピソードについては、ほぼ事実に基づいているものもあれば、100％フィクションもあり、その点については読み手の皆様のご想像にお任せする。

また、この物語は全編を通して、私にとって日常会話の「関西弁（大阪弁）」で綴《つづ》られているため、極力分かりやすい表現をしたつもりではある。しかし、他府県の読者には一部読みづらく、解りづらい点が生じるかもしれない。その点に関しては、心よりお詫び申し上げるとともに、ご質問、ご意見等があれば、遠慮なくご一報いただければ幸いである。

最後に、拙著を書籍化していただいた「はるかぜ書房」の鈴木雄一社長をはじめ、榊直美氏、菅原守氏、他この本の出版に携わって頂いた全てのスタッフの皆様にお礼を申し上げたい。殊《こと》に、森川雅美氏に於いては、全章に亘り丁寧に編集のご指導を賜り、全般にご配慮いただいたこと、心より感謝の意を表する次第である。

今宵も、皆様が〝旨い酒〟と〝美味い肴《あて》〟に舌鼓《したつづみ》を打たれる姿を想いつつ、筆を置くことにする。

平成30年10月吉日

大阪府寝屋川市にて

中村康志

中村　康志

（なかむら　やすし）


昭和 40（1965）年に大阪府守口市に生まれる。

大阪府立寝屋川高等学校を卒業し、昭和 60(1985) 年に大阪府立大学社会福祉学部入学。

在学中より飲食業に従事、卒業後も業界一筋。

様々な業態で管理職、店長職を歴任し、平成 9（1997）年に独立開業。

現在、大阪ミナミにて「南風酒膳　庵」を経営。

大阪市在住。

本書は初の著作である。

まいど!!　酒場の大将あれこれ話

平成31年1月10日　第一刷発行

著　者　　：中村康志
発行人　　：鈴木雄一
発行所　　：はるかぜ書房株式会社
東京都品川区北品川 1-9-7 トップルーム 1015 号
E-mail info@harukazeshobo.com　http://harukazseshobo.com
装　丁・装画：菅原守
印刷所　　：プリントウォーク

ISBN 978-4-909818-01-0 C0093 ¥1200E